BIBLIOTHÈQUE DES NOTIONS INDISPENSABLES

BEAUX-ARTS — VOYAGES — HISTOIRE — EXPLORATIONS — LITTERATURE — SCIENCES

1f — 1f

RAOUL POSTEL

LA

COCHINCHINE FRANÇAISE

Avec gravures dans le texte.

LIBRAIRIE GÉNÉRALE DE VULGARISATION
A. DEGORCE-CADOT.
PARIS, rue de Verneuil, 9

MANSUY

LA

COCHINCHINE FRANÇAISE

PARIS. — IMP. CHAIX, SUCC. DE SAINT-OUEN, 86, RUE DES ROSIERS. — 2268-2

BIBLIOTHÈQUE DES NOTIONS INDISPENSABLES

LA COCHINCHINE FRANÇAISE

PAR

RAOUL POSTEL

Ancien magistrat à Saïgon (Cochinchine).

PARIS

LIBRAIRIE GÉNÉRALE DE VULGARISATION

A. DEGORCE-CADOT

9, Rue de Verneuil, 9

1883

LA

COCHINCHINE FRANÇAISE

I

Configuration générale de la Cochinchine. — Ses fleuves. — Sa température. — Son climat. — Superficie. — Population. — Division en provinces. — Physionomie du pays.

La Cochinchine française se trouve comprise entre 8° 20′ et 11° 30′ de latitude nord et 102° et 105° 11′ de longitude est.

Le sol est formé presque entièrement d'alluvions. Le pays est bas, à peu près plat sur toute son étendue, et coupé d'innombrables *arroyos* qui donnent accès aux marées et qui facilitent merveilleusement l'agriculture et le commerce en portant partout le mouvement et la vie. Quelques points, toutefois, tels que la montagne de Dien-ba, les collines de Bien-hoa, les monts de Shon-Lu, de Baria, du cap Saint-Jacques, les îles de Poulo-Cécir et de Poulo-Condore, de composition granitique, semblent rattacher, au travers de la basse Cochinchine, la grande chaîne dorsale de l'Asie aux pics de Sumatra, de Bornéo et de Java. Le terrain émerge lentement au-dessus des eaux de la mer, autant qu'on peut en juger, du moins, par les traces que l'on observe sur les côtés du cap.

Le sol est admirablement propre à toute espèce de culture tropicale. Les terres basses fournissent le premier riz du monde. Vers le nord et le nord-est, le terrain s'élève, devient plus meuble et sablonneux : les indigènes y cultivent avec succès, bien que sur une échelle restreinte, le coton, le tabac, le thé, la canne à sucre, le bétel, l'indigo, la vanille, le mûrier, les arachides et le poivre. Depuis quelque temps on y a importé le café, et cet essai promet de féconds résultats. Il est à regretter, cependant, que l'arbre à pain, qui se multiplie en abondance à Singapore, refuse de s'acclimater dans notre colonie. Enfin, dans le nord commence la région des forêts, où se rencontrent de belles et précieuses essences. Malheureusement, l'exploitation inintelligente du gouvernement annamite y a causé de réels dégâts, qu'il nous faut à présent réparer : toutefois, dans quelques années, nos colons devront y trouver une ressource assurée pour l'avenir.

La basse Cochinchine affecte la forme d'un vaste rectangle dont les grands côtés, dirigés du S.-O. au N.-E., ont 280 kilomètres et les petits côtés, allant du S.-E. au N.-O., environ 180 kilomètres de longueur.

Trois grands fleuves arrosent la colonie.

Le Mé-Không, ou fleuve du Cambodge, cours d'eau immense dont les sources semblent se perdre dans les derniers contreforts des montagnes du Thibet : sa branche orientale débouche dans la mer, par un sinueux delta de cinq bras.

Le Grand-Vaïco, formé par la réunion du Vaïco occidental et du Vaïco oriental, qui vient tomber, non dans la mer, mais dans le Soirap, à cinq ou six milles de l'embouchure de ce dernier.

Le Soirap, formé de la réunion de la rivière de Saïgon

et de la rivière de Bien-hoa, lesquelles se rejoignent à une douzaine de milles au-dessous du Saïgon.

On compte, en plus, cinq autres rivières, de moindres dimensions. Ce sont, d'abord, le Dan-Trang et le Don-naï qui, reliés entre eux et au Soirap par des larges canaux, sont choisis de préférence par les marins pour remonter jusqu'à la capitale; puis le Thi-Waï qui vient de l'est, de Longh-Thanh, tomber dans la mer près du Don-naï; le Rach-Lap et le Cua-Lap qui, partant de la région de Baria, entourent la presqu'île du cap Saint-Jacques et en font une île véritable.

Les bords du Don-naï sont dominés, dans son cours supérieur, par de petites collines qu'il traverse en formant d'assez nombreuses cataractes. A partir de Bien-hoa, il s'élargit; mais, en aval de cette place forte, il contient des rochers immergés qui ne laissent entre eux et la rive droite qu'une passe très resserrée. Ce banc, un autre du même genre dans le bras de rivière par lequel on remonte à Saïgon, et un troisième plus petit, dans le haut de son cours supérieur, sont les seuls obstacles de cette espèce que rencontre la navigation intérieure dans notre colonie. L'importance du banc de Bien-hoa a été accrue au moyen de blocs de pierre coulés par les Annamites, dans le système de défense desquels les barrages jouaient un grand rôle.

Le Soirap ne peut guère être utilisé malgré sa position centrale, sa parfaite direction du N. au S. et son volume : par suite des bancs de sable qui l'obstruent, il est, en effet, peu navigable. Nous ne parlons, bien entendu, que de sa branche occidentale : son bras oriental, auquel on a conservé improprement la dénomination de Don-naï, est libre de tout obstacle, sauf le banc dont nous avons parlé, mais que les plus forts navires peuvent franchir à l'heure favorable de la marée.

Le Vaïco oriental coule du N.-O. au S.-E., parallèlement à la rivière de Saïgon, dont il a presque partout les caractères : l'eau y est aussi profonde, la navigation aussi facile; sa largeur seule est moindre. A Tay-Ninh, à 150 kilomètres de la mer, on trouve encore 13 mètres de profondeur.

Le Vaïco occidental est parallèle au Mé-Không. Aussi profond que la branche orientale, mais plus étroit, son cours supérieur est moins connu.

Il est à remarquer que les deux Vaïco, qui traversent des terrains très bas et noyés, présentent ce phénomène qu'ils n'ont, à vrai dire, pas de sources. Leur cours supérieur se termine par un épanouissement, par une « digitation » d'arroyos qui se perdent dans les plaines. Il faut, pour expliquer leur puissant volume d'eau et leur courant rapide, les attribuer au drainage continu qui a lieu dans les campagnes inondées pendant les six mois de pluies, ainsi que par les débordements du Mé-Không.

Ces arroyos ayant deux embouchures, il arrive fréquemment que le flot entre par les deux extrémités, accumulant ainsi les vases au milieu, de sorte que la profondeur y est moindre qu'aux deux bouts. Quand la mer commence à baisser, le courant de jusant s'écoule à la fois des deux côtés du « dos d'âne ». Souvent ces canaux sont dus au travail de l'homme, les Annamites excellant dans ces sortes d'ouvrages. C'est ainsi qu'ils avaient admirablement creusé, sous l'administration des mandarins, un splendide canal de 20 lieues réunissant le Mé-Không au golfe de Siam, de Chau-doc à Ha-tien. Leur multiplicité facilite le commerce intérieur. Les indigènes les préfèrent aux routes de terre, lesquelles, par suite, n'existent pas. Aussi ne peut-on se figurer quelle quantité de bateaux et de jonques circulent dans ces arroyos. En Cochinchine, tous les voyages et tous les transports se font au moyen de ces « chemins qui marchent », alternativement dans les deux sens, grâce aux marées.

La basse Cochinchine n'est donc, en réalité, qu'un immense réseau de cours d'eau, plus ou moins volumineux, qui traversent le pays en tous sens.

Il résulte de cette situation géographique une chaleur presque uniforme pendant toute la durée de l'année : elle varie de 33° à 35° centigrades pendant le jour, et de 28° à 30° pendant la nuit. Il est vrai qu'il n'y a pas de variations brusques de température, et c'est là une considération importante tant au point de vue de la santé qu'au point de vue de l'agriculture. La saison sèche règne de novembre en avril, pendant la mousson du N.-E., et la saison des pluies de mai en octobre, pendant la mousson du S.-O. En dehors de cette dernière saison, il ne tombe pas une goutte d'eau. Les mois les plus pénibles à passer sont les mois de transition, c'est-à-dire avril et mai : l'air est alors étouffant, il tonne sans pleuvoir, la transpiration est continuelle, la surexcitation des nerfs enlève tout sommeil et tout appétit, les éruptions cutanées naissent et se développent. Quand viennent les pluies, ce malaise disparaît. A cette époque, les orages se forment chaque jour d'une façon assez régulière sous l'influence de la brise de mer et des courants d'air qui suivent les fleuves : ils arrivent généralement avec la marée. On conçoit que cette action constante du soleil et cette accumulation d'humidité et d'électricité rendent le climat énervant et malsain; Cependant, on exagère beaucoup l'insalubrité du climat : des précautions hygiéniques prudemment prises pour l'habitation, l'alimentation et la façon générale de vivre rendent l'acclimatement facile aux Européens. On peut, d'ailleurs, refaire ses forces à l'air plus doux et plus frais du cap Saint-Jacques, ou bien encore à Thu-dau-mot, dans la province de Bien-hoa. Il suffit donc d'éviter les excès, et de ne point trop inconsidérément prolonger son séjour. La mortalité est même moindre en Cochinchine qu'au Sénégal ou qu'aux Antilles, ou même encore que dans certaines parties de l'Inde : les tableaux comparatifs en font foi, bien que peut-être, pour des motifs de sécurité générale, on ait parfois dissimulé officiellement le chiffre réel des décès. Le cimetière européen du Saïgon peut, seul, révéler douloureusement la vérité. Au besoin encore, le nombre de malades que nous débarquons tous les deux mois à Toulon et qui succombent au retour viendrait confirmer ce que nous avançons ici. Ces malheureux sont, du reste, presque tous de simples soldats, des sous-officiers ou de bas employés qui n'ont été les victimes du climat que pour avoir négligé, par suite de n'importe quelle cause, les prescriptions de la prudence la plus ordinaire. Il n'y a aucune raison pour que l'acclimatement des Occidentaux soit plus malaisé en Cochinchine qu'à Singapore ou à Java, dont les conditions climatériques sont identiques. Ajoutons qu'il n'existe dans notre colonie aucune de ces terribles épidémies qui désolent trop souvent nos autres possessions d'outre-mer.

On évalue à 56,244 kilomètres carrés la superficie de la basse Cochinchine.

Le chiffre total de la population est estimé à 2 millions d'habitants. Il faut comprendre dans ce chiffre l'effectif du corps expéditionnaire, 10,000 hommes environ, les résidents européens qui ne dépassent pas 1,000 individus, les Chinois et autres Asiatiques. Du reste, la moitié du pays est à peine peuplée, et de cette moitié les deux tiers tout au plus sont cultivés. On voit que tout se trouve naturellement disposé, dans ce vaste champ d'une fertilité inouïe, pour fournir à l'activité de la race blanche les éléments d'une exploitation fructueuse : l'avenir est riche de promesses si l'on considère la quantité inépuisable des produits offerts à l'exportation.

Notre colonie est divisée en six provinces :

1° Saïgon *(Gia-Dinh)*,

2° Bien-hoa *(Dong-Naï)*,

3° Mitho *(Dinh-Tuong)*,

4° Vinh-long *(Long-Ho)*,

5° Chau-doc *(An-Giang)*,

6° Ha-tien *(Can-Cao)*.

Ces six provinces ont été occupées définitivement : Saïgon, le 17 février 1859, par l'amiral Rigault de Genouilly; Mitho, le 12 avril 1861, par l'amiral Page ; Bien-hoa, le 9 décembre 1861, par l'amiral Bonard ; Vinh-Long, le 20, Chau-doc, le 22, et Ha-tien, le 24 juin 1867, par l'amiral de La Grandière. Ces trois dernières provinces, acquises « pacifiquement », sont connues sous le nom de *Provinces de l'Ouest*.

Nous donnerons ailleurs la subdivision en 18 cercles de notre colonie.

Chacune des régions de la Cochinchine a son aspect particulier.

Dans la partie basse et noyée que découpent en îles nombreuses les embouchures du Mé-Không et de la rivière de Saïgon, peu ou point de cultures. C'est sur l'eau et de ses produits que vivent les habitants. De grandes pêcheries et une multitude de barques remplissent seules le paysage. Çà et là, des hommes coupent les palétuviers des rives, puis vont les porter dans l'intérieur à l'état de bois à brûler pour alimenter les fabrications de charbon, les briquèteries et les fours à chaux.

En remontant, les rizières apparaissent peu à peu : bientôt, elles envahissent tout le tableau. De lointaines lignes d'arbres encadrent la perspective et dessinent les nombreux détours des arroyos et des fleuves. Le long des îles du Mé-Không, les plantations d'aréquiers et de cocotiers bordent la rive ; les maisons surgissent en plus grand nombre ; le mouvement et la vie augmentent à vue d'œil. De légères embarcations, conduites à la rame, remontent vers Mitho chargées de fruits, de noix de coco, que les indigènes vont livrer aux fabricants d'huile, ou de régimes d'areck qui seront ensuite dirigés sur le Cambodge. A chaque marée un nombreux convoi de jonques, profitant du courant, apporte les produits des pêcheries de la côte et les chargements de sel que Baria expédie au Grand-Lac.

Les barques de plus lointaine provenance arrivent, en même temps, pour échanger les soies des provinces centrales contre le riz nécessaire à la consommation de celles-ci.

A l'encontre de ce courant ascendant, qui vient s'arrêter à l'Arroyo-de-la-Poste, se pressent les transports des denrées de l'intérieur, qui se dirigent également vers le même point. Ce sont les jonques chinoises, qui ont été chercher à Sadec les produits entreposés des six provinces annamites : riz, poivre, cire, stick-laque ; ou bien les lourdes barques cambodgiennes, véritables maisons flottantes, qui apportent le coton, le poisson salé, les ivoires, les peaux, le tabac, les cardamomes, les sucres de palmier et les mille autres richesses de leur région : quelquefois, d'énormes radeaux charrient lentement les dépouilles des forêts du nord de Pnôm-Penh et du Grand-Lac. Tout ce courant de matières premières prend ensuite la route commerciale du cœur de la contrée, qui est Saïgon. Là, les jonques de l'intérieur se croisent incessamment avec les convois de produits manufacturés européens ou chinois. Ce sont des cotonnades, des faïences et verroteries, des ustensiles de toute nature.

Sur cette route, le pays change d'aspect : de nombreux jardins se groupent autour des cases. Le mûrier fait son apparition. Quelques *giongs* sablonneux s'emparent du sol : ils contiennent des plantations de coton et de cannes.

A l'horizon, la Plaine-des-Joncs étend son désert monotone. En tout temps, des barques légères en reviennent chargées de roseaux qui vont aussitôt se transformer en nattes et en sacs à riz sur les marchés échelonnés le long de la route commerciale. Un peu avant le point d'arrivée de celle-ci et dans la partie nord, le sol devient moins humide, les rizières moins belles. Aux riz hâtifs, que seuls elles peuvent donner ici, succède une seconde récolte d'indigo ou de racines.

Si l'on traverse la rivière de Saïgon et les rizières qu'elle féconde pour visiter les riches vallées que dessinent les légers contreforts du fleuve, le paysage, plus accidenté et plus pittoresque, va révéler à chaque pas des habitudes agricoles différentes, des productions et des industries d'une autre sorte.

Les immenses plaines de riz ont bientôt disparu : d'autres cultures, déjà considérables comme étendue totale, mais très fractionnées, dominent à leur tour. Ce sont le coton, le tabac et la canne à sucre.

Le long des frontières, la population, plus clairsemée que dans le pays à riz, se groupe surtout autour de quatre ou cinq centres principaux dont l'industrie est active.

Les transports commerciaux sont alimentés par les pierres que le district de Bien-hoa fournit aux constructions de Saïgon, par les produits des salines, l'huile d'arachides, le coton, le tabac et le sucre.

Les habitants rapportent du pays des Moïs quelques produits des forêts, et l'espèce de tabac si connue sous le nom de *Longh-Thanh*.

Plus on s'avance dans l'Est, plus les terres deviennent riches et profondes. C'est alors que l'on commence à rencontrer les cultures d'ortie de Chine, dont la triple production annuelle épuiserait bien vite un sol moins fécond.

Le succès des cultures coloniales proprement dites ne peut, en tout cas, s'espérer en Cochinchine que dans la partie de son territoire que nous venons d'indiquer.

L'avenir de cette contrée est facile à préciser, et la nature même du pays lui assigne d'avance des destinées invariables.

Jusqu'à présent, la Chine est restée à peu près le marché unique où vont s'écouler tous les produits de la colonie; aussi l'importation reste-t-elle exclusivement chinoise, alors qu'il serait à désirer qu'elle devînt, au contraire, un nouveau débouché pour l'Europe.

Telle est la physionomie générale de la Cochinchine. Nous aurons lieu de revenir, plus loin, sur certains détails de cette rapide esquisse.

II

Iles de Poulo-Condore. — Ile de Phu-Quoc; ports sur le golfe de Siam. — Du cap Saint-Jacques à Saïgon.

Le groupe des îles Condore est situé à 75 milles du cap Saint-Jacques, sur la route de Saïgon à Singapore, par 8° 37' de latitude nord et 104° 14' de longitude est. Leur désignation malaise signifie « îles des Serpents », bien qu'on n'y rencontre aucun de ces reptiles. Elles sont au nombre de cinq. La plus grande, Poulo-Condore *(Connon)*, offre une superficie de 6,000 hectares : sa longueur est de 8 lieues et sa largeur de 2. C'est la première apparition du sol français.

Le climat de ce petit archipel est sain, et il renferme de bonne eau. La petite Condore (*Bac-vioung*) — la seconde du groupe en étendue — possède des sources sulfureuses qui jaillissent de rochers d'origine volcanique, au sommet desquels on rencontre de l'oxyde de fer magnétique. Le granit de ces montagnes n'est pas exploité.

L'aspect de la grande Condore est pittoresque. Les côtes s'élèvent brusquement de la mer à la hauteur de 1,800 pieds. Elles sont couvertes d'une verdure épaisse depuis le bord de l'eau jusqu'à leur sommet. Les herbes sont de très belle taille, le sol très riche ; mais il y a peu de terres cultivées, car les pentes des montagnes sont trop rapides. La garnison, qui est de 200 hommes environ, a construit quelques maisons en pierres sèches, dont la plus belle est naturellement celle du commandant, et deux grosses jetées qui servent de quais, entre lesquelles on aborde. Cette île est un lieu de déportation pour les condamnés annamites. On les y occupe à bâtir et à travailler la terre. Le village est donc tout simplement un port militaire, les naturels ne sortant guère de leurs montagnes, sinon pour pratiquer les échanges dont ils ont besoin. Un aviso ravitaille l'île tous les mois.

Poulo-Condore produit du riz, des fruits, du coton. Il est vrai que cette dernière plante y est d'espèce médiocre, et que, d'autre part, les innombrables singes du cru endommagent fortement les rizières. On rencontre également dans les bois de magnifiques pigeons, au dos vert et aux ailes dorées, ainsi que des tourterelles bleues : la chair de ce gibier est très grasse et des plus savoureuses ; mais il vit peu en dehors de l'île. Quant aux singes, ce lieu doit être pour eux un véritable Éden, tellement la nourriture qui leur plaît abonde dans les forêts, dont chaque arbre porte un fruit ou une amande d'une espèce quelconque.

On rencontre, également, dans la montagne de nombreux spécimens de la chauve-souris dite « vampire ». J'en ai vu, à Saïgon, qui mesuraient jusqu'à deux pieds dix pouces d'envergure : leur tête ressemblait plutôt à celle d'un chien qu'à la tête de tout autre animal ; les dents en étaient très pointues et très fortes. Citons encore une sorte de grosse sauterelle, dont le sifflet aigu et puissant se rapproche assez du cri strident d'une locomotive : pareil effort guttural n'aura rien qui puisse surprendre quiconque a entendu, dans les marécages de la Cochinchine, le mugissement de la grenouille-bœuf.

Les poules sauvages offrent au chasseur un gibier non moins délicat que les pigeons verts ou bleus. Si l'on recherche les émotions vives, on y pourra traquer les buffles : mais c'est un jeu dangereux. Je note enfin, comme digne de remarque, un curieux produit local dont je n'ai jamais pu retenir le nom annamite ou chinois : c'est une espèce de légume qui ressemble, à s'y tromper, à un beau cigare de la Havane. Sa chair est ligneuse, et recouverte d'une écorce lisse ; sa couleur, celle du tabac foncé.

En 1871, le pénitencier de Poulo-Condore a été placé sous l'autorité du Directeur de l'Intérieur. Les détenus y sont de deux sortes : les prisonniers pour rébellion et pour crimes de droit commun, affectés aux travaux d'utilité publique, et les prisonniers de guerre, qui reçoivent des concessions de terrain. En 1869, le nombre des détenus de la première catégorie s'élevait déjà à 500. Le directeur du pénitencier reçoit, outre le logement, un traitement annuel de 12,000 francs ; son gardien-chef, une solde de 2,100 francs ou de 2,400 francs, suivant la classe, plus une indemnité de

Rivière de Saïgon (confluent de l'Arroyo-Chinois).

vivres de 400 francs; ses huit aides-gardiens, une solde de 1,080 francs, plus une indemnité de 100 francs pour habillement et la ration de vivres ordinaires. Le directeur du pénitencier est investi, dans toute l'étendue du groupe d'îles, des attributions judiciaires conférées aux Administrateurs des Affaires indigènes, chargés de la justice dans les provinces.

Le gouvernement de Hué avait enlevé les îles Condore aux pirates malais. Au mois de janvier 1780, les bâtiments anglais de l'expédition de l'infortuné capitaine Cook y reçurent accueil, à leur retour, au nom de l'évêque d'Adran. D'après le traité du 28 novembre 1787, conclu par les soins de l'éminent prélat français, ce groupe fut cédé en toute propriété et en toute souveraineté au roi Louis XVI par l'empereur Gia-Long. Pendant le cours de la Révolution, les Anglais l'occupèrent: mais ils en furent bientôt expulsés par les Annamites. Nous avons réoccupé ces îles en 1861.

Nous avons également annexé à notre colonie, sous l'administration de l'amiral de La Grandière, une autre île située dans le golfe de Siam, l'île de Phu-Quoc, dont le territoire, assez étendu, renferme, paraît-il, des mines de charbon. Elle possède, en outre, de superbes forêts de bois de construction. Par suite d'incidents d'intérieur regrettables, l'administration ne tire aucun parti profitable de Phu-Quoc, qui devrait être aujourd'hui le siège d'un commerce important.

En face de l'île se trouve la baie du Rach-gia, dans le voisinage de laquelle s'élève la ville indigène du même nom, d'une population d'environ 12,000 âmes. Ce port fait le commerce du riz, de la soie, du poisson sec, des nattes fines, de grands éventails en plumes, de nids d'hirondelles, de cire, de miel, etc. Ses relations sont principalement étendues avec Compôt, l'unique port du royaume de Cambodge.

Un peu au-dessus de Rach-gia se rencontre le port de Ha-tien. Les jonques de Bang-kok le fréquentent principalement. Son mouillage a peu de fond, ce qui ne le rend accessible qu'aux navires dont le tirant d'eau n'excède pas 200 tonneaux.

Un décret du 9 octobre 1867 a ouvert les ports de Ha-tien et de Rach-gia aux navires de commerce de toutes les nationalités : ils sont soumis aux mêmes droits que le port de Saïgon. Ce sont donc des ports francs.

Nous ne possédons que ces deux ports sur le golfe de Siam. Décrivons maintenant la route fluviale qui conduit du cap Saint-Jacques à Saïgon.

Le cap Saint-Jacques, en langue annamite, *Cai-Mui-Wung-Taü*, est le premier point du continent cochinchinois qui frappe les yeux du voyageur. Ce cap est la pointe extrême d'une presqu'île qui porte le même nom, longue de 20 kilomètres sur une largeur variant de 3 à 5, et terminée par une chaîne de petites montagnes d'une altitude de 500 mètres environ, Quelques centaines d'Annamites l'occupent seuls. Toute la partie centrale est entrecoupée de marécages à moitié salés. Les cocotiers forment, en quelque sorte, l'unique richesse des habitants. Toute l'huile fournie par la presqu'île est achetée par le gouvernement pour alimenter le phare du cap. Seize noix de cocos environ fournissent une livre d'huile. Le phare s'élève sur une colline boisée de 480 mètres d'élévation. La tour, de 8 mètres de hauteur, supporte un feu fixe visible à plus de 30 milles en mer.

Une ligne télégraphique relie le fort du cap au phare et au sémaphore, tandis qu'il est relié lui-même à Saïgon par Baria et Bien-hoa. Tout navire est ainsi signalé à Saïgon dès qu'il a pu communiquer avec le sémaphore par les signaux nautiques en usage. C'est là un avantage de grande importance pour les navires á voile. Quant aux bâtiments à vapeur, ils ne mettent que cinq ou six heures pour remonter du cap à Saïgon. L'avance matérielle de la dépêche qui les signale est donc peu de chose : mais quand le paquebot annoncé est le courrier de France, qui apporte les nouvelles de la patrie lointaine, on ne saurait croire avec quelle impatience le signal est attendu, avec quel soin minutieux on calcule le temps que le navire mettra à remonter la rivière et celui que nécessitera le dépouillement des sacs de dépêches à la poste.

Les facilités qu'offre l'entrée du Don-nai expliquent le choix qu'en ont fait nos marins comme débouché principal de la colonie. En effet, la présence du cap Saint-Jacques, de l'île de Nui-Neua et des montagnes de Baria rendent son approche commode aux bâtiments, tandis que les autres fleuves, obstrués à de grandes distances de leur embouchure par des bancs de sable, n'offrent aucun point de repère qui permette de prendre des relèvements certains sans le secours d'un pilote.

Au pied du cap, et au nord, se trouve la baie des Cocotiers. Le fort que nous y avons établi la domine. Le mât de pavillon, dressé à l'angle du fort, sert à signaler aux pilotes les navires en vue au large ou à prévenir les capitaines en passage de venir prendre les dépêches à leur adresse. La baie figure une sorte d'élégant fer à cheval, sur les parois duquel se balancent de gracieux panaches de verdure. A droite, la petite bourgade indigène, que dominent quelques bâtiments de construction européenne ; sur le rivage, à l'ombre de palmiers élancés, la pagode annamite dédiée à la « Baleine » protectrice des naufragés ; dans le mouillage, des jonques aux voiles triangulaires, aux mâts de bambou, aux haubans de rotin, qui font du bois ou de l'eau : dans le fond du paysage, les contreforts rocheux et boisés de la baie de Gan-ray. Ce coup d'œil inspire une rêverie délicieuse. On parle bien, çà et là, de quelques tigres qui rôdent affamés sous les voûtes ombreuses : mais c'est, précisément, de la couleur locale ! Et puis, quelle médaille n'a pas son revers ?

Vis-à-vis, sur la gauche, le village de Cangiou. C'est la résidence officielle des douze pilotes de la rivière. Un feu flottant signale, par sa position, la place exacte de la passe. Le prix du pilotage du cap à Saïgon est ainsi fixé : pour les bâtiments de guerre, 4 piastres (22 fr. 20) par mètre de tirant d'eau, et 8 piastres (44 fr. 40) s'ils sont à voiles ; pour les bâtiments de commerce, 5 piastres (27 fr. 75) s'ils sont à vapeur et 10 piastres (55 fr. 50) s'ils sont à voiles. Comme la baie des Cocotiers a peu de fond et qu'elle est ouverte aux vents du S.-O., les jonques vont, pendant cette mousson, mouiller à Cangiou, où l'on peut facilement se procurer des porcs, des volailles, du poisson et des fruits. Une distance de 11 milles sépare ce village de celui du cap.

Quant à la baie de Gan-ray, plus au nord, elle doit une certaine importance à la position de l'île de Nui-Neua, formée par les bras du Rach-lap. Comme cette île est à proximité des salines considérables de Cho-ben, elle est destinée, probablement, à acquérir un jour une valeur commerciale extrême. Il nous serait aisé, en effet, d'y créer une sorte d'entrepôt où les navires pourraient trouver à se ravitailler et attendre, sans dépenses, la réponse aux demandes de fret transmises par le télégraphe du cap. Une montagne assez élevée, fort giboyeuse et boisée, couvre la superficie presque entière de l'île. Les parties basses de cette montagne sont très fertiles et se prêteraient facilement à l'établissement d'un centre actif de population.

Telle est la description exacte de l'embouchure du bras principal du Don-naï. Toute cette partie du pays est fort saine, grâce aux élévations naturelles du terrain et au voisinage immédiat de la mer. On y établirait à peu de frais un « Sanitorium », où nos fonctionnaires et nos colons viendraient réparer, de temps en temps, leurs forces épuisées.

Remontons, maintenant, rapidement le fleuve. Le Donnaï est une splendide rivière, que peuvent remonter jusqu'à Saïgon les plus forts bâtiments. Ses rives, toutefois, deviennent bientôt monotones et plates, bordées qu'elles sont le plus souvent par de vaseux palétuviers, repaires de fièvres et de gibiers mal famés. De rares palmiers d'eau se glissent çà et là dans la bordure : puis, ce sont de larges éclaircies à travers lesquelles on découvre de verts, mais d'humides pâturages. La marée, en se retirant, laisse de larges berges de boue à découvert. Ce n'est pas, assurément, un spectacle propre à éveiller l'enthousiasme, et l'on a besoin, pour que les idées ne tournent pas au sombre, de ne plus songer au passé et d'évoquer les rêves de l'avenir. Les innombrables singes qui s'ébattent grotesquement aux branches, et les jonques qui descendent ou remontent le fil de l'eau servent, du moins, à distraire l'esprit préoccupé.

A une heure de marche à peu près de Saïgon, on rencontre l'endroit dit des « Quatre-Bras ». Cet étoilement fluvial est formé par le croisement du Don-naï, du Soirap, de la rivière de Saïgon et de la rivière de Bien-hoa. Puis, laissant sur la droite le Rach-Antit et le Rach-Mongom, on arrive à ce dangereux « banc de corail » qui coupe le fleuve et sur lequel sombra, il y a quelques années, la *Ville de Paris*. Sa carcasse y est demeurée, ce qui rend encore la passe plus redoutable. Presque immédiatement on atteint le fort du Sud, ancien débris de fortifications annamites que l'on a réparées pour servir principalement de prison militaire. Un coup de canon du fort annonce aux Saïgonnais le passage en vue du paquebot des Messageries venant de France. Les villages indigènes se pressent sur les deux rives. Signalons à gauche, au-dessus du fort, celui de Tam-Hoï, résidence de Mgr Lefèvre avant l'occupation française : son église, devant le clocher en bois peint de laquelle on passe, est la première construite par nous ; elle fut élevée en 1861 à l'aide d'une souscription privée, qu'organisèrent les fonctionnaires et les officiers du corps expéditionnaire

Le fleuve fait alors un coude brusque sur la droite. Saïgon se développe immédiatement aux regards. Avec quel avide émoi l'œil embrasse son attrayant panorama ! Le sol s'élève au-dessus des eaux par une douce progression, et de puissants bouquets de feuillage rompent l'uniformité de ce blanc paysage. Maisons particulières et édifices, magasins, arsenal et quais, tout cet ensemble se déroule d'un seul trait aux regards du voyageur surpris. Quelques points culminants se dessinent en relief dans les horizons du tableau : la lanterne du palais de justice, la toiture élevée de l'hôtel du procureur général, la flèche élégante de la Sainte-Enfance qui reluit au loin. On aborde à l'estacade de l'agence des Messageries, si l'on débarque par paquebot : on mouille en plein fleuve, vis-à-vis du vaisseau qui sert de stationnaire, si l'on débarque par le transport. Dans tous les cas, on ne débarque point bord à quai. Le Don-naï mesure en cet endroit, à 90 kilomètres de son embouchure, une largeur de 440 mètres.

L'agence des Messageries, magnifique emplacement concédé à la Compagnie en 1863 moyennant une somme de 22,564 piastres (136,330 fr. 20), est séparée de la ville par le large et profond Arroyo-Chinois. Il n'existe pas de pont sur cet affluent du fleuve. La Compagnie des Messageries en avait bien fait construire un, d'après les conditions qui lui avaient été imposées pour l'obtention de sa concession : mais il a disparu. Cela étonne au premier abord. On a, du reste, le temps d'éprouver en Cochinchine bien d'autres étonnements !

Quand on débarque, il faut donc faire décharger sa personne et ses bagages à l'aide d'un *sampan*. C'est une incommode pirogue, d'une longueur variant entre 10 et 30 pieds sur une largeur de 4 environ, qui bascule sans cesse et qui n'est munie, pour tout agrès, que de deux avirons : on y place ses malles, puis l'on s'étend avec elles sous une voûte en paille destinée à protéger le passager contre le soleil et la pluie. Comme il n'y a pas de gouvernail à cette industrieuse machine, le rameur de l'arrière, qui est debout, dirige l'esquif, tandis que sa femme rame, à l'avant, en sens inverse. C'est dans cet équipage que l'on atteint le nouveau sol français. Il ne reste plus, une fois à terre, qu'à devenir la proie des coolies. Ces bruyants déchargeurs s'emparent violemment de votre personne et de vos biens, et ce n'est que tout étourdi de leur escorte intéressée que vous atteindrez enfin l'hôtel. Là, du moins, cesseront vos fatigues, et vous pourrez même dormir paisiblement votre première nuit, si les moustiques vous le permettent.

III

La Cochinchine au point de vue stratégique. — Les milices indigènes.

Il est incontestable que la Cochinchine peut être facilement défendue contre une agression étrangère sans qu'il soit besoin de mettre sur pied un nombre supplémentaire de forces.

La nature même a fortifié son littoral.

Les territoires de l'Est sont défendus par la citadelle de Baria et le fort du cap Saint-Jacques d'abord, et ensuite par les mouvements alternatifs du flux et du reflux. Mitho, reléguée au fond d'un bras de fleuve d'un accès difficile, protégée en outre par une île qui commande l'entrée de l'Arroyo-de-la-Poste, offrirait à l'ennemi des obstacles sérieux; Saïgon, retranchée à plus de 60 milles de la mer au fond de l'estuaire du Don-naï, est une station de guerre d'autant plus imprenable que la majeure partie des cours d'eau qui y conduisent est obstruée par des bancs de sable à de grandes distances des embouchures, et que le Don-naï lui-même n'est navigable qu'à la condition qu'on y soit guidé par des pilotes. Vinh-long se trouve au fond d'un fleuve rempli de bas-fonds, d'atterrissements et d'îlots considérables. Les rives du Han-Giang, dans toute la longueur de la province de Chau-doc, sont rendues inaccessibles par leurs marécages. Ha-tien, sur le golfe de Siam, ne peut être abordé par les navires d'un fort tirant d'eau. Une division navale d'une force médiocre est donc suffisante, on le voit, pour défendre notre colonie contre une attaque venant de l'extérieur.

A l'intérieur, les forts et les postes militaires sont nombreux et assurent la tranquillité publique. Ce sont, dans la province de Bien-hoa, en se dirigeant de cette ville, bien fortifiée elle-même, vers le nord : Thudaumot, Tanh-Huyen et Ti-thin; en allant vers l'est, frontière des tribus Moïs et de l'empire d'Annam : Bas-chan, Xuyen-mot et Long-nunh; enfin, vers le sud : Phuoc-Thanh, Long-Thanh et Baria. Dans la province de Saïgon, en se dirigeant vers le nord : Tong-kéou, Rach-tra, Tram-bang, Tha-la, Sui-cao, Trung-mit, Cau-coï et Tay-ninh. Dans la province de Mitho, en allant de cette ville à Saïgon : Tan-an, Go-den et Can-gioc; et, en suivant le fleuve dans la direction de l'ouest : Caï-bé, Caï-laï, Tuoc-niou, Mi-cui et Ba-laï, ce dernier fort plus au sud; tout le nord de la province est naturellement défendu par l'immense Plaine-des-Joncs. La province de Vinh-Long a Sadec, au nord, et Mac-bat au sud, sur la rive du Han-Giang; l'espace compris entre ce bras du Mé-Không et son autre bras du Tien-Giang est entièrement marécageux. La province de Chau-doc est protégée par cette ville, au nord, et par Ba-Xuyen, au sud. Enfin la province de Ha-tien, que cette place couvre au nord, est défendue également, en se dirigeant vers le sud, par les postes du Rach-gia et de Long-Xuyen.

L'hypothèse d'un blocus est encore moins à redouter, car, s'il est vrai de dire qu'une telle mesure empêcherait le commerce intérieur, elle ne saurait apporter qu'un malaise passager à notre colonie qui, servant de grenier aux pays limitrophes, peut amplement se suffire à elle-même par ses ressources propres. Un blocus maritime resterait donc sans effet; à ce point de vue, la position occupée par les Français à Saïgon est de beaucoup supérieure à celle que les Anglais ont choisie à Singapore.

Restent les frontières du Nord et de l'Est.

En ce qui concerne le Cambodge, indépendamment de l'hostilité séculaire qui le sépare des Siamois et des Annamites, nous le tenons par les débouchés de ses fleuves; il est, d'ailleurs, sous notre protectorat; il n'aurait donc rien à gagner s'il encourait notre courroux. Quant à l'empire de Hué, son souverain a bien assez à faire de maintenir sa suprématie dans le Tong-kin, sans cesse en rébellion; il a, d'ailleurs, appris plusieurs fois à ses dépens à connaître le poids de nos armes: d'autre part, nous le tenons par son alimentation, qui le rend journellement tributaire de notre colonie.

Il est vrai qu'on pourrait redouter encore les soulèvements à l'intérieur. Mais quelle cause en pourrait exciter de sérieux désormais? Ce n'est certes pas le fanatisme religieux. Sera-ce le patriotisme? Tous les Annamites sont divisés entre eux, et nous entretenons habilement leurs dissensions intestines; de plus, ils ne possèdent aucune personnalité autour de laquelle ils puissent se rallier. L'arrondissement de Go-cong seul pourrait, parfois, occasionner certaines inquiétudes; c'est dans cette ville que sont les tombes paternelles de la dynastie régnante de Hué: mais les derniers représentants authentiques de cette famille ont disparu, et il leur faudrait maintenant revenir de loin pour assurer quelques partisans à leurs revendications hasardées. On y veille. Le pays est donc tranquille, et toutes causes d'excitation sont éteintes. La population indigène s'est, peu à peu, habituée à notre administration qui, bien que défectueuse, donne, en résumé, une large satisfaction à ses regrets et à ses désirs. L'arbitraire sans limites du système mandarinique a disparu, et les vaincus sont, du moins, assurés d'une justice quelconque, tardive parfois encore, mais enfin qu'ils peuvent provoquer toujours, en cas de prévarications coupables; ils le savent, et ils en usent. On peut donc affirmer hardiment, aujourd'hui, que les Annamites ont accepté le fait de la conquête. La guerre néfaste de 1870, habilement exploitée chez eux par une influence jalouse, n'a produit, dans la colonie, aucun de ces symptômes menaçants sur lesquels on comptait sans doute ailleurs. Notre puissance est bien assise, et nous seuls pouvons nous renverser nous-mêmes.

J'ai dit que l'effectif des troupes que nécessite la garde de la colonie forme un total d'environ 10,000 hommes. Il faut comprendre dans ce chiffre les troupes de mer. Quant aux troupes de terre, elles se répartissent de la façon suivante : 6 bataillons d'infanterie de marine pendant la saison sèche, 4 dans la saison des pluies; 2 batteries d'artillerie, 2 compagnies de canonniers conducteurs et d'ouvriers, plus 1 détachement du génie et 1 détachement de gendarmerie. Mais je pense que, en réalité, l'effectif doit être diminué d'un tiers: il faut tenir compte, en effet, des maladies et des décès; et, d'autre part, il n'a point toujours paru nécessaire de combler exactement les vides par lesquels les cadres se trouvent de temps à autre réduits. Je n'estime donc pas que le corps d'occupation dépasse, d'ordinaire, 6,000 hommes de troupes françaises. Indépendamment que leur entretien grève d'une façon considérable le budget colonial, on a compté, pour maintenir à meilleur prix la paix intérieure, sur la milice indigène, laquelle, du reste, nous a donné, en diverses occasions, des preuves répétées de bravoure et de dévouement.

Cette milice, dont les membres sont désignés par le nom de *matas*, se recrute parmi les inscrits (*trang-hang*) de chaque village, dans une proportion qui varie selon les besoins. Les inscrits comprennent les habitants valides de vingt à soixante ans.

Sous le régime annamite, cette proportion était généralement d'un soldat pour sept inscrits, et on l'avait portée, dans ces derniers temps, à 1/4. Leur solde consistait en *1 ligature* (90 centimes) et *1 vuông* (40 litres) de riz blanc par mois; comme elle était insuffisante, elle se complétait par les subsides que les soldats recevaient directement de leurs communes, système défectueux en tous points, les payements ne s'opérant que d'une façon irrégulière par suite du retard ou du refus des villages pauvres; de là, des réclamations et des désertions continuelles.

Nous avons donc modifié cette institution. Dès notre arrivée, nous avons réduit le recrutement à 1/14; dans certains arrondissements, il ne dépasse même point, actuellement, 1/30. Moyennant un impôt spécial de 10 francs par inscrit, le gouvernement français a pu augmenter la solde des matas; nous donnons, par mois, à chaque soldat 20 francs et 40 litres de riz, et, par an, deux habillements complets; en même temps, les maires ont été prévenus que les villages ne devaient rien ajouter à cette solde, fort suffisante si les hommes ne contractent point de vices coûteux.

Presque tous sont mariés; l'administration leur a donc fait construire des campements où leurs familles peuvent habiter avec eux.

Les matas d'un même arrondissement sont réunis au chef-lieu, sous les ordres de l'Administrateur ou de l'Inspecteur. Ils y forment deux compagnies : la compagnie mobile, composée de cinquante miliciens choisis parmi les plus intelligents et les plus vigoureux, est spécialement destinée à la garde des postes militaires, aux expéditions et à la police armée; la compagnie sédentaire, comprenant le reste de l'effectif, fournit les miliciens nécessaires au service multiple d'une Inspection, postes de police, garde des prisons, cantonniers, poste aux lettres, surveillants des travaux.

On s'occupe, de plus, à former des compagnies indigènes à cadres français. Quand on visite les environs de Saïgon, on peut voir, au fort de *Tong-Kéou*, un poste nombreux de matas auxquels cette organisation spéciale donne une physionomie véritablement militaire. C'est sur cette formation nouvelle que l'on a compté pour réduire successivement le contingent français et, par suite, une des plus lourdes dépenses de la colonie. Au reste, aimant passionnément les armes, les Annamites s'habituent facilement à la vie du soldat : un traitement doux en fait vite, et à peu de frais, des troupes braves, sobres, infatigables et merveilleusement aptes aux expéditions si pénibles, là-bas, pour les Européens.

Il est fâcheux, toutefois, que nous n'ayons pas cru devoir imiter une mesure autrefois adoptée par le gouvernement annamite. Il y avait, alors, auprès de chaque gouverneur de province un mandarin militaire de haut rang, appelé *lâh-binh*. Ce système avait le mérite de donner aux milices une cohésion plus grande. Aujourd'hui, sous notre domination, elles ne forment plus qu'une suite de détachements par arrondissement, sans liens entre eux, sans rien qui les rattache non plus au chef-lieu de la province. Il n'en faut excepter que la province de Mitho, dont la situation exceptionnelle a nécessité un commandant supérieur des troupes. Pourquoi donc ne pas créer dans les autres provinces, au moins dans celles de Saïgon et de Bien-hoa, des fonctions semblables? Pourquoi même, dans les cercles où l'on n'a rien à redouter, ne pas confier cette haute distinction militaire à des Annamites d'un rang élevé, que surveilleraient, d'ailleurs, nos Inspecteurs? Le prestige de ce titre officiel nous rattacherait des hommes influents par leur fortune ou par leur importance.

Il serait également facile et opportun de créer à Saïgon une sorte d'école spéciale, auprès de laquelle les sous-officiers indigènes seraient détachés à tour de rôle, dans le but de donner aux jeunes Annamites incorporés une certaine instruction militaire les rendant aptes à obtenir quelques grades d'officiers. Il y aurait là, ce me semble, un intérêt réel pour nous : on arriverait ainsi à doter nos matas d'une énergie et d'une solidité encore plus grandes, que pourraient employer au profit de la colonie les chefs français chargés de diriger ces troupes indigènes. Ce point demanderait, il est vrai, un certain discernement ; mais les Administrateurs pourraient désigner d'office les sujets sur lesquels on doit compter.

IV

La ville européenne : Saïgon.

Le nom de *Saïgon* a été improprement donné par les Français à la capitale de leur colonie. Les Annamites la désignent ainsi : *Binh-Thuanh*, ou bien encore : *Binh-Ngé*. Saïgon est le vrai nom de la ville chinoise de Cho-len. Nous avons dérangé tout cela sans motif, pour le seul plaisir de créer du nouveau.

L'enceinte de la ville est extrêmement vaste. M. de La Grandière avait rêvé d'en faire le noyau d'une population de 500,000 âmes : l'avenir n'a point réalisé ce plan grandiose. Bien que Saïgon s'accroisse tous les jours, surtout depuis huit ans, j'ai peine à croire qu'on puisse compter dans ses limites, si l'on y comprend les nombreux villages qui l'avoisinent de toutes parts jusqu'à Cho-len, plus de 115,000 individus. A mon sens, la ville européenne proprement dite n'englobe même pas plus de 30,000 habitants. Il est vrai qu'il est fort difficile de recenser les populations annamite et chinoise, dont les registres sont très peu exactement tenus.

Je ne m'occupe ici que de ce que l'on peut appeler la « ville blanche », délaissant les faubourgs où grouille la race jaune dont je parlerai, du reste, amplement plus loin. Saïgon donc est renfermée dans un carré formé par le Don-naï comme base, le Rach-ben-ngé ou *Arroyo-Chinois* à gauche (sud), l'Arroyo-de-l'Avalanche à droite (nord), et le canal de ceinture qui fait communiquer ces deux arroyos. Inutile d'ajouter que l'immense emplacement compris entre le palais du gouvernement et le canal est encore inhabité et ne sera peut-être même jamais complètement peuplé.

Sur le Don-naï, à l'embouchure de l'Arroyo-Chinois et en aval, se dressent l'hôtel et les magasins des Messageries maritimes; de l'autre côté de l'arroyo, se déroulant sur des quais plantés d'arbres, l'hôtel de la direction du port de commerce, la mairie et le tribunal de commerce (hôtel Wang-taï), puis une longue file de restaurants et de cafés, puis encore, en remontant le fleuve, la direction du port de guerre, la manutention, les chantiers des constructions navales et le dock flottant. Perpendiculairement au quai, et divisant presque également la ville en deux parts, s'allonge le Grand-Canal, bordé de deux rues : la rue Charner et la rue Rigault de Genouilly. Ces deux rues vont aboutir à une longue voie transversale, la rue d'Espagne, où commence la haute ville. La rue Charner n'est occupée que par des commerçants français, chinois ou malabars;

la rue Rigault de Genouilly comprend, en outre, la résidence du commissaire central et l'ancien hôtel de l'ordonnateur. Chacune de ces rues possède, en plus, une salle des ventes, qu'on appelle ici l'*Auction*. La partie supérieure du Grand-Canal vient d'être comblée, et l'on a construit sur son emplacement un vaste square dominé par un kiosque, où la musique se fait entendre plusieurs fois par semaine. A gauche de la rue Charner, dans le bas, les halles de la ville, et, vers le milieu, la très modeste cathédrale. Derrière ces deux monuments, de nombreuses rues affectées uniquemeut aux industrieux Asiatiques, sauf la rue Mac-Mahon, où l'on remarque la plus belle maison de jeu de la ville, et qui est presque entièrement occupée par des négociants européens. A droite de la rue Rigault de Genouilly, parallèlement à elle, mais plus longue, la rue Catinat, jadis la voie principale de la cité naissante, entrepôt animé du commerce européen et indigène; puis, dans le même sens, la rue de l'Hôpital et la rue de Thu-Duc, cette dernière occupée exclusivement par les vastes bâtiments de l'arsenal et par les grandioses constructions de la Sainte-Enfance. Au-dessus de la Sainte-Enfance, les religieuses carmélites, et, vis-à-vis, la Mission et le collège d'Adran. Derrière, le jardin botanique, dont l'intelligent et savant directeur, M. Pierre, a fait le véritable rendez-vous de tous les spécimens d'arbres, d'arbustes et de fleurs de l'Indo-Chine. Tout ceci constitue, à proprement parler, la ville basse. Ce ne sont que des maisons, peu ou point de jardins, sauf en ce qui concerne la Sainte-Enfance, la Mission et le collège d'Adran, qui en ont de splendides. Dans le bas de la rue de l'Hôpital, un marécage non encore comblé. A gauche de la rue Mac-Mahon, même spectacle, avec des bouquets d'arbres en plus. Ces deux quartiers sont assez malsains.

J'ai dit que la haute ville commençait à la rue d'Espagne. C'est ici le quartier luxueux, européen, le quartier verdoyant, le quartier aristocratique. Point de maisons de commerce, point d'indigènes, de Malabars ni de Chinois : rien que des « faces pâles ». Comme il n'y a ici ni cours d'eau ni marécages, l'air y est sain et vif. Chaque maison a son jardin, coquet et fleuri. De plus, les administrations y possèdent de véritables hôtels, spacieusement construits, lesquels forment le plus imposant contraste avec les maigres baraquements de l'occupation, dont on aperçoit encore, un peu plus bas, les débris.

Parallèlement à la rue d'Espagne, la rue de La Grandière : à droite, en nous dirigeant de Cho-len vers le jardin botanique, la prison, le palais de justice, l'hôtel du procureur général, l'administration des télégraphes, les bureaux de la direction de l'intérieur ; à gauche, en remontant dans le même sens, la gendarmerie, l'observatoire et l'hôpital. Trois grandes artères traversent perpendiculairement la haute-ville : la rue Pèlerin, au milieu de laquelle se trouve l'évêché ; la rue Catinat, qui renferme alors la direction des ponts-et-chaussées, l'enregistrement, l'hôtel du secrétariat général de la direction de l'intérieur, le Trésor et, vis-à-vis, l'hôtel de la poste ; enfin, la rue Nationale, à l'extrémité de laquelle sont le conseil de guerre, l'ancien palais du gouvernement, l'imprimerie nationale et le *mess* des officiers. Notons, en dernier lieu, le nouvel hôtel de l'ordonnateur dans la rue Thaber, parallèle à la rue de La Grandière.

Il ne nous reste plus qu'à citer le principal édifice de la colonie, le palais du gouvernement, qui longe la voie stratégique de Saïgon à Cho-len, et derrière lequel se trouve magnifique jardin de la Ville, où la musique militaire se ait entendre chaque jeudi. De l'autre côté de la voie stratégique, la Plaine des Tombeaux, que nous décrirons ailleurs.

Le palais du gouvernement est d'un aspect grandiose. Son immense étendue ne sert, pourtant, qu'à abriter le gouverneur et ses deux ou trois aides-de-camp. Sa construction a coûté à la colonie une douzaine de millions. C'est là une de ces fantaisies ruineuses, inutiles, que motiva seul le vaniteux caprice d'un gouverneur précédent.

Un dernier mot sur l'aspect du port.

Sans qu'il puisse être encore comparé à la rade si merveilleusement animée de Singapore, notre port saïgonais n'en est pas moins fréquenté par de nombreux navires de toute forme et de toute provenance : *prahos* et *lorchas* des Malais, jonques des Chinois, barques pontées des Annamites, bâtiments de guerre des diverses nations européennes qui ont des stations coloniales dans l'extrême Orient, bâtiments de commerce portant tous les pavillons du globe, paquebots et steamers pour les destinations les plus multiples. C'est un va-et-vient quotidien, dont la contemplation m'a toujours charmé.

Ce qui étonne surtout le regard de l'Européen, c'est la vue d'une embarcation asiatique. Quelles étranges machines que ces constructions antiques, dont la coupe et l'aménagement n'ont jamais changé ! Prenons, par exemple, une jonque chinoise. Qui n'en a point vu ne peut se figurer quel incommode appareil elle constitue. Les formes des jonques sont lourdes, carrées, massives, leurs ancres en bois, leurs quatre mâts d'une seule pièce et fort gros. Un œil énorme, gage emblématique de la vigilance du capitaine, ressort en vives couleurs de chaque côté de l'avant. La poupe, qui s'élève au-dessus de l'eau aussi haute que les châteaux-d'arrière de nos anciens navires, est également ornée de peintures où l'on distingue, le plus souvent, un aigle gigantesque aux ailes déployées. A l'intérieur, le fouillis est indescriptible. Pas un pouce de place n'est perdu, cependant; mais on ne sait où poser le pied, et le voyage de l'arrière à l'avant semble hérissé de tels obstacles que l'on se demande quelles manœuvres peuvent être possibles en mer avec un pareil encombrement. Les moindres vides regorgent de marchandises. Quant aux cabanons des passagers, s'il y en a, ils sont partout, sommairement fabriqués dans chaque recoin avec des nattes et quelques cerceaux, et si bien pressés que l'on a peine à comprendre comment un coup de mer ne les a pas vingt fois emportés pendant la traversée. De loin en loin, une plate-forme supportant quelque canon rouillé, maintenu on ne sait comment entre le ciel et l'eau. La cale se partage en compartiments indépendants par une série de cloisons étanches. Dans l'envahissement universel de la jonque, deux points seulement ont été respectés : la cuisine, au centre du navire, spacieuse, construite en briques, théâtre d'une activité incessante ; et le château d'arrière, forteresse monumentale qui contient les armes, les munitions et l'autel de l'idole portative devant laquelle brûlent toujours des bâtons odorants. On se demande comment cette informe machine, si dépourvue de toute qualité nautique autre que la solidité, peut accomplir chaque année, sans trop d'accidents, son double pèlerinage. La vue des terres est le seul guide de cette navigation. Le pilote, il est vrai, grâce à une longue pratique, connaît toujours les détails de la côte. C'est heureux, car la boussole, dont la découverte est l'unique titre maritime des Chinois, ne sert pas à grand'chose : je n'oserais même assurer qu'aucun matelot de l'équipage ait quelque compréhension de cet instrument. La confiance et la force de volonté de ces audacieux ignorants les sauvent. On voit, pourtant, de ces jonques qui mesurent sept cents tonneaux.

Mais leur dimension moyenne est de trois cents : elles coûtent alors, en Chine, de 75 à 80,000 francs.

Les bâtiments malais et annamites ne diffèrent guère de ce modèle, sinon que la voilure des premiers consiste, généralement, en nattes de paille tressée. Mais ce qui est impossible à retracer, ce sont les cris et les chants dont les équipages accompagnent leurs manœuvres. On dirait une escouade de démons hurlants. Inutile d'ajouter que les navires asiatiques relâchent dans des limites qui leur ont été spécialement déterminées : l'entrée de l'Arroyo-Chinois leur appartient. C'est, du reste, sur ce point que se concentre tout le commerce avec l'intérieur.

Tel est Saïgon aujourd'hui. Que présager de son avenir?

Saïgon, ville de création récente, ne comporte aucun point de comparaison possible avec les autres colonies européennes voisines. Ce à quoi nous visons, c'est à y établir une richesse compacte, homogène, utile surtout à la métropole ; cela nous semble préférable à une agglomération de vingt races différentes, basée uniquement sur le commerce intérieur, sans ressources propres et soumise à toutes les chances d'une guerre lointaine. Voilà notre but avoué : y réussirons-nous ?

Au point de vue purement physique, à ceux-là qui, comparant Saïgon à Singapore, en ont fait ressortir les infériorités d'un air de dédain pour la nouvelle ville, on peut répondre qu'on ne saurait tout d'un coup, à vingt-deux lieues dans l'intérieur des terres, édifier une cité aussi monumentale que celle qui possède déjà plus de quarante ans d'existence et qui a pu s'asseoir heureusement sur les bords de la mer. Certes, ici le coup d'œil n'est point aussi satisfaisant qu'à Pointe-de-Galles ou qu'à Singapore. On sent encore chez nous le travail de l'enfantement. Quand on songe, cependant, à ce qu'était Saïgon il y a quinze ans, aux marécages qui en couvraient une partie, aux cimetières qui en occupaient une autre et laissaient exhaler, pendant les pluies, de redoutables effluves, aux cases en paillottes qui servaient de demeures à tous les Français ; quand, d'un autre côté, l'on met en balance les canaux creusés, les grandes voies tracées, les constructions solides élevées de toutes parts, les grands édifices si promptement sortis de terre, cette haute-ville qui se développe comme par enchantement, l'agglomération sans cesse croissante des habitants, on ne peut méconnaître l'activité déployée, et l'on est forcément amené à taxer d'impatience inconsidérée les plaintes de ces envieux qui veulent faire supporter aux autres le poids de leurs illusions perdues ou de leurs caractères chagrins. Quelques années encore, et Saïgon n'aura rien à désirer de ce qui fait l'orgueil des cités qui l'avoisinent. On a construit déjà beaucoup ; on construit beaucoup encore : nous pensons que l'heure est loin d'être venue où l'on devra s'arrêter dans cette voie d'agrandissement. Déjà les environs de l'ancienne citadelle sont envahis, et la truelle de nos entrepreneurs menace les brousses de la Plaine des Tombeaux. Ce n'est pas là un signe de décadence.

V

Population indigène et asiatique de Saïgon (Annamites Chinois, Indiens, Cambodgiens, Tagals, Malais, Moïs).

On ne peut savoir au juste, nous l'avons déjà dit, quel est le chiffre exact de la population de Saïgon et de la ville chinoise de Cho-len. En 1869, on comptait à Saïgon, en y comprenant l'effectif de la garnison, un total de 92,000 habitants environ, dont 555 Européens ; ce chiffre renfermait évidemment celui de tout l'arrondissement ou banlieue. Quant à la ville même de Cho-len, on lui donnait 50,000 âmes. L'élément annamite entrait dans la proportion de 75,000 individus pour la première, et de 32,000 individus pour la seconde. Aujourd'hui, le dernier recensement attribue 115,000 habitants à Saïgon et 150,000 à Cho-len, y compris leurs deux arrondissements. Il y a, en outre, indépendamment des Annamites et des Chinois, d'autres Asiatiques dans ces deux villes : ce sont des Indiens, des Parsis, des Cambodgiens, des Tagals, des Malais et des Moïs.

L'impossibilité où l'on se trouve de ne jamais connaître exactement ce qu'il y a de Chinois ou d'Annamites dans un endroit quelconque provient de ce que tout dénombrement est, en quelque sorte, chose interdite à l'égard de races si fluctuantes et si méfiantes. D'ailleurs, où puiser de suffisants renseignements? Le Chinois et l'Annamite, en dépit de nos prescriptions, ne tiennent ni actes de décès, par déférence pour la douleur des parents, ni actes de naissances, par respect pour les mystères de la famille, le premier surtout pour se dérober à la capitation. Si donc on communique à nos fonctionnaires des registres quelconques, ces registres ne sont guère que de fantaisie, et l'on n'y doit ajouter aucune foi. Il faut alors évaluer d'une façon approximative.

Quant à la population européenne, dans laquelle il faut comprendre également des Anglais, des Allemands, des Américains et des Espagnols, en dehors des troupes d'occupation et des fonctionnaires elle est insignifiante. A Saïgon, son centre principal, elle ne compte pas plus de 600 individus. Les causes de cette infime proportion sont multiples. D'abord, on émigre peu en Cochinchine, parce que cette colonie est trop lointaine, trop ignorée; parce qu'on ne sait pas ce qui peut s'y passer, qu'on y redoute le militarisme et l'arbitraire; parce que l'État ne favorise pas l'émigration de nos nationaux; parce que les Français qui ont quelque argent restent chez eux; parce que les Chinois sont seuls en faveur et en possession des affaires; enfin, parce que l'on sait que les colons ne sont pas maîtres d'y prospérer ou de s'y ruiner à leur guise sans que le gouvernement colonial vienne s'ingérer dans tout ce qui se passe chez eux; ensuite, et surtout, parce que la crainte du climat retient dans la métropole tous ceux auxquels pourraît venir l'idée de s'expatrier, d'autant plus que l'on sait fort bien, en France, qu'un Gouverneur peut ici expulser n'importe qui lui déplaît, aussi bien nationaux qu'étrangers.

ANNAMITES

L'Annamite a les prunelles saillantes, le nez épaté, le front déprimé, la barbe rare, le teint jaune : par ces caractères, il se rattache à la race mongolique. Il est chétif, avec des membres grêles et des extrémités fort petites. Il a le gros orteil très écarté des autres doigts du pied : nulle autre race ne possède cette particularité étrange, qui lui a valu, de la part des Chinois, le surnom injurieux de *giao-chi*. Les femmes sont assez jolies, quand elles ne s'adonnent pas au bétel. Elles ont le teint presque blanc, et les formes admirables; mais elles vieillissent vite. Signes communs aux deux sexes : les ongles d'une longueur démesurée, et une opulente chevelure noire qu'on roule en épaisses tresses ou qu'on laisse retomber sur les reins, selon le goût de chacun.

Le costume des hommes se compose d'une longue robe collante d'étoffe brune, fendue des deux côtés sur les hanches, et d'un ample, mais court, pantalon blanc ou bleu.

Les Annamites de qualité ceignent le turban de coton noir ou de crêpe bleu ; les gens du commun se couvrent le chef d'un vaste chapeau de paille tressé en forme d'entonnoir renversé, terminé par une pointe métallique (*salacco*). La chique de bétel ne leur quitte pas la bouche, à moins qu'il ne s'agisse de fumer du tabac ou de l'opium.

Même costume pour les femmes. On ne les distingue des hommes que par la longueur du pantalon et par leurs oreilles ornées de boucles. Elles vont généralement tête nue ; on en voit, cependant, qui portent un chapeau plat de la forme d'une pierre de meule, de soixante centimètres de diamètre environ, et muni de deux longues brides de soie jaune qui descendent jusqu'à terre, ou bien encore un chapeau convexe en rotin, orné de plaques miroitantes et d'une jugulaire en écaille ou en ébène, montée sur argent. Les riches se parent d'un collier d'argent ou d'ambre fin, de bracelets et de boucles d'oreilles d'or, d'un pantalon de soie rouge, d'une tunique de soie bleue et d'une chemise blanche par dessous. Joignons à tout ce luxueux attirail de fausses nattes rattachées à la chevelure naturelle par de longues épingles d'or, et de petite babouches relevées en pointe. Un énorme parapluie protège leurs charmes contre les ardeurs du soleil.

Sauf à reparler des Annamites, passons immédiatement aux autres Asiatiques.

CHINOIS

Les Chinois ont pénétré sur le sol de la basse Cochinchine en même temps que les conquérants Annamites. A notre arrivée à Saïgon, ils étaient groupés sur deux points principaux : Cho-len et Sadec. Ils y jouissaient de privilèges importants, que nous avons réglementés.

Au point de vue de leur organisation, tous les Chinois parlant un même idiôme formaient un groupe distinct, que nous avons appelé *Congrégation*. La congrégation était responsable, devers le gouvernement, des actes de chacun de ses membres. Ceux-ci se choisissaient un chef qui, proposé à l'acceptation du gouverneur de la province, recevait les attributions accordées aux magistrats municipaux que nous avons improprement appelés *maires annamites*. Ce chef, ainsi nommé, représentait l'administration centrale auprès de la congrégation, et il devenait l'intermédiaire des relations qui s'établissaient entre elles. La congrégation chinoise, en tant que groupe d'individus, avait donc des privilèges analogues à ceux de la commune annamite : c'était, en quelque sorte, une cité sans territoire. Chaque membre payait un impôt de capitation, plus élevé, toutefois, que celui imposé aux Annamites : mais, comme il ne possédait point de terres, il ne supportait aucune autre taxe. De plus, et c'était là le privilège important des Chinois, ils servaient d'intermédiaires uniques aux relations commerciales fondées avec la Chine, seul pays qui eût alors le droit de commercer avec l'empire d'Annam.

Nous avons conservé aux Chinois leur organisation en congrégations, qui nous était avantageuse. Les chefs sont, en général, des hommes riches et importants qui exercent sur leurs coreligionnaires une influence réelle : on les a donc rendus responsables des membres qu'ils dirigent. Ce sont eux qui font agréer par leur corporation les nouveaux débarqués de leur idiôme, et qui en répondent. Cette responsabilité fournit tout à la fois des facilités pour les immigrants et des garanties pour la colonie, en ce sens que nous évitons ainsi, le plus souvent, d'être envahis par des déclassés sans aveu, les Chinois faisant leur propre police.

Nous avons aussi adopté, et en cela nous avons été bien inspirés, la politique du gouvernement de Hué à l'égard des *Minh-Huong*, qui sont les fils d'un Chinois et d'une femme annamite. Il est à remarquer, en effet, que le Chinois qui vient tenter la fortune en Cochinchine y arrive toujours seul, laissant en Chine, s'il est marié, sa femme et ses enfants qu'il rejoindra plus tard, et aux besoins desquels il subvient régulièrement. Il n'en prend pas moins femme dans le pays, en dépit du dissentiment naturel des races, et se crée ainsi une double famille, visitant de loin en loin la première quand son séjour auprès de la seconde se prolonge. Les affaires terminées, sa fortune faite, le Chinois regagne le pays natal après avoir assuré le sort de sa famille de hasard. Ce sont ces abandonnés du père, mais non pas de l'aisance, que nous avons rassemblés en congrégation en leur conservant leur ancienne dénomination. Leurs privilèges sont identiques à ceux des Chinois. Mais notons que, par une combinaison remarquable de la législation locale qui a voulu réprimer ainsi le trop grand développement de l'aspiration et de l'influence chinoises, ces métis sont absorbés, à la seconde génération, par la communauté annamite.

Ainsi, la situation des Chinois est la même aujourd'hui que sous le gouvernement annamite, un point seul excepté : la proclamation de la liberté de commerce a fait disparaître le monopole que la cour de Hué leur avait abandonné. Ils ont donc à subir la concurrence commerciale qui leur est faite non seulement par les Européens et les Annamites, mais encore par tous ceux qui veulent profiter des facilités du libre commerce. Ils n'en sont pas moins actifs, résolus, empressés à se soumettre à notre régime administratif, prompts à profiter des circonstances et, surtout, merveilleusement aptes à se prêter à ce qu'elles peuvent avoir d'inaccoutumé pour eux. Le Chinois est en cela, comme en presque toutes choses, supérieur à l'Annamite, qui vit à l'écart et dont les grandes familles mandarines ont disparu.

Ce n'est pas à dire qu'on doive songer à faire de cette race un élément sérieux de colonisation : le Chinois ne se fixe point, et ne consentira jamais à s'établir définitivement loin de sa patrie ; il y reportera, tôt ou tard, sa personne et ses gains. Ce n'est donc pour nous qu'un ouvrier habile, un merveilleux agent d'échange : mais ce sera tout. Ce qu'il nous faut, ce sont des bras pour cultiver tant de champs encore incultes. Or, le Chinois ne veut pas devenir agriculteur ; s'il devient possesseur de terres, il les fera produire par l'intermédiaire de laboureurs annamites.

Il faut donc n'abandonner aux Chinois que les transactions commerciales ; sinon, l'intérêt des indigènes se trouvera compromis. Ce serait, en même temps, un danger, parce que, indépendamment qu'on froisserait inutilement l'orgueil national des Annamites, on éveillerait du même coup les jalousies des Européens. Peut-être même serait-il bon de ne pas trop favoriser l'accroissement de ces Asiatiques dans notre colonie encore naissante : l'intérêt commercial est sans doute respectable, mais on a peut-être trop oublié à Saïgon, dans ces derniers temps, que la race des « Célestes » menace d'englober peu à peu toute la partie orientale du continent.

Un mot, maintenant, sur l'aspect matériel de ce peuple.

La physionomie du Chinois reflète, hors de chez lui, l'impassibilité la plus complète. Il marche droit dans les rues, sans manifester jamais le moindre étonnement. Son vêtement croise et s'attache sur l'épaule et les côtés à l'aide de petits boutons de métal ou de verre : sa courte culotte est le plus souvent en soie, ses bas en coton blanc ou bleu, ses jarretières patiemment brodées, ses chaussures en feutre blanchi avec des semelles d'un pouce d'épaisseur. Sa queue, tressée au moyen d'un cordonnet noir ou bleu, se termine par une longue frange de soie qui descend aux talons. Il a le visage imberbe, et le haut du front rasé de près. C'est un beau type, en résumé, et qui ne ressemble en rien à ces grotesques qui ornent nos paravents. Ajoutons qu'il est d'une propreté scrupuleuse.

Il se complait, cependant, dans des maisons de fâcheuse apparence, dont l'étage surplombe un rez-de-chaussée obscur, écrasé, étroit. L'habitation des riches ne diffère de l'humble demeure du pauvre que par les volets de métal travaillé dont ils ornent leurs vérandahs et leurs fenêtres. Je suis entré souvent chez quelques-uns d'entre eux, et certes l'on ne dirait point que leurs gîtes renferment parfois des millionnaires. La plupart de ces logis ne laissent voir qu'un modeste bureau bien sombre, mesquinement meublé. Devant le négociant s'étale une petite machine à compter : pour calculer, le Chinois fait courir ses doigts sur d'innombrables petites billes, rattachées ensemble par des fils métalliques. On dirait nos dentellières normandes jouant activement de leurs bloquets. Je les ai, plus d'une fois, priés curieusement de multiplier un nombre de quatre chiffres par un nombre de trois, et l'opération était toujours terminée bien avant que je n'eusse écrit le résultat. Je doute fort que nos polytechniciens, nos algébristes et nos membres de l'Institut calculent, à eux tous, avec une aussi prestigieuse facilité. Ajoutons, pour terminer, que les ateliers sont situés sur la rue, et qu'on peut voir au dedans ces créatures laborieuses et à demi-nues qui travaillent avec autant d'art que des castors, sans jamais paraître se fatiguer. A vrai dire, une promenade dans les quartiers chinois n'est point toujours agréable, ces porte-queue ne se gênant nullement pour déposer toutes les immondices de leurs maisons sur la voie publique. Les ordonnances de police sont impuissantes à réfréner cette désinvolture insalubre. On les condamne en masse, chaque semaine, pour ce fait : ils payent, sans murmurer, l'amende et recommencent. Une telle négligence demeure inexplicable pour quiconque s'est rendu compte de leur minutieuse propreté dans l'intérieur du logis.

Les Chinois n'admettant jamais d'étrangers, surtout des Européens, dans leur famille, je ne puis dépeindre leur vie intime. Je ne parlerai donc pas de leurs femmes. Les seules Chinoises chez lesquelles on puisse s'introduire sont toutes, sans exception, de mœurs galantes : leur genre d'existence ne mérite point qu'on s'y arrête.

L'une des curiosités de Saïgon et de Cho-len est, sans contredit, le cimetière chinois de ces deux villes. Mais, chose étrange, son aspect n'a rien du coup d'œil monumental qu'offre un cimetière annamite. Et, cependant, nul peuple ne pousse aussi loin que le peuple chinois la vénération des Ancêtres. Cela tient à sa nature et, en même temps, aux dures nécessités de la vie qu'il subit. Ses tombes sont de maigres pierres plates, dont l'inscription est l'unique ornement. Passant son existence à charger sa mémoire de formules sonores et vides, à labourer, à vendre ou à acheter, le Chinois ne comprend et ne pratique que la petite sculpture. Esprit essentiellement positif, égoïste et calculateur, il ne connait l'enthousiasme sous aucune forme : pour lui, le ciel est sans Dieu et l'Art sans idéal. Il n'a d'autre souci pour ses champs de repos que de leur créer un horizon sans limites, choisissant d'instinct, d'ailleurs, un beau site, comme si la contemplation de la nature, dédaignée pendant la vie, devait être l'éternelle occupation du mort. Cette liberté laissée aux funérailles procède du seul sentiment élevé qui subsiste chez le Chinois : le respect pour la mémoire de ceux qui ne sont plus. Les vivants mêmes ont souvent à souffrir de cette coutume, qui constitue pour la santé publique un péril grave et permanent : aussi avons-nous apporté quelques restrictions à cette pratique dans notre colonie.

INDIENS

Les immigrants qui nous viennent de l'Inde sont communément désignés, à Saïgon, sous l'appellation générique de *Malabars*, bien qu'ils proviennent presque tous du Bengale ou de la côte de Coromandel. Un certain nombre d'entre eux parle notre langue : ceux-là sont natifs de Pondichéry. Ils comptent parmi eux quelques catholiques.

A titre de mesure d'ordre et de police, on ne leur accorde qu'un permis de séjour ; mais ce permis n'est jamais refusé que pour des choses graves. Ils payent un impôt annuel de capitation, et sont, comme les Chinois, formés en congrégations.

Quelques-uns d'entre eux sont brahmanistes ; mais la plupart sont mahométans. Ces derniers ont construit une mosquée, qu'ils illuminent tous les soirs et parfument d'encens. Ils ont amené quelques femmes indiennes : plusieurs ont épousé des femmes annamites et en ont des enfants ; les descendants de ceux-ci demeurent toujours dans la communauté indienne.

Ces immigrants ont introduit à Saïgon l'usage des voitures de place. Le gouvernement leur en a même assuré le monopole, bien que de riches négociants chinois aient demandé, sans l'obtenir, d'établir une concurrence à des prix inférieurs. Ils font aussi commerce de laitages et de légumes, tiennent de modestes débits de boissons à l'usage du peuple, et aussi des magasins de détail où l'on trouve les produits européens à meilleur compte que chez les Chinois, qui eux-mêmes ont des prix moins élevés que ceux des magasins français. C'est que les Indiens vivent à moins de frais, ce qui leur permet de réaliser des bénéfices plus nets. Ce sont, du reste, des gens doux, paisibles, et qui retournent vivre sur un sol français des économies qu'ils sont parvenus à amasser en traversant les mers.

La pièce essentielle, souvent unique, du costume des hommes consiste en une draperie, appelée *langouti*, ou en un petit pantalon d'étoffe légère dont les replis s'enroulent autour de la ceinture. Les jours de fête, ils jettent par dessus une jaquette, plus ou moins fantaisiste, taillée à l'européenne, le plus souvent en alpaga. Leurs turbans sont mouchetés des couleurs les plus vives. Les Indiens musulmans, principalement, sont splendides. Leur port grave, leurs formes sculpturales, leur haute taille, leurs traits réguliers, leur barbe longue et fine en font de remarquables spécimens du troupeau humain. Quant aux femmes, elles sont petites, mais de formes également irréprochables et mignonnes. Leur coquetterie est extrême : on ne saurait imaginer combien elles aiment à se parer de tout ce qui reluit, piastres, sequins, roupies, colliers et plaques de métal. Elles portent toutes de nombreux anneaux d'argent aux bras et aux jambes ; quand elles peuvent y ajouter un diadème de même métal, ou simplement de cuivre doré, leur bonheur est au comble. Rien ne leur coûte pour se procurer ce luxe, et, d'ailleurs, leurs maris sont complaisants. Cependant, un usage choque chez elles, celui de se passer dans l'une des narines un anneau d'or, orné de pierres fines : c'est là, précisément, l'ornement dont elles sont le plus fières !

TYPES ANNAMITES

Homme du peuple. Femme en toilette. Notable.

CAMBODGIENS

On rencontre à Saïgon quelques Cambodgiens. Les uns descendent le Mé-Không dans leurs barques, dont ils apportent le chargement à la ville européenne et à la ville chinoise : d'autres arrivent par la rive gauche du Grand-Fleuve, amenant des troupeaux de bœufs ou de chevaux.

Il est encore des familles cambodgiennes qui se remarquent dans les provinces de Vinh-long, de Chau-doc, de Ha-tien : ce sont les restes malheureux de la population refoulée violemment ou détruite par la conquête annamite. Ces familles forment des villages d'où tout sang étranger est soigneusement exclu.

Ce sont des individus paisibles, attachés au sol qu'ils foulent, intelligents et susceptibles d'établissement ; ils ont demandé qu'on leur abandonnât quelques terres : on les leur a concédées. Il serait à désirer qu'ils émigrassent en masse et vinssent se fixer au milieu de nous.

Le Cambodgien est plus robuste et plus grand que l'Annamite ; il porte les cheveux ras. Son habillement consiste en un langouti, une petite veste boutonnée sur le devant, une ceinture de soie. Chez lui, une simple pièce de coton couvre ses épaules. Il a toujours les jambes nues. Comme religion, il est boudhiste. Il y a des Cambodgiens chrétiens, mais en petit nombre.

TAGALS ET MALAIS

Il reste à Saïgon une centaine de Tagals. Originaires des Philippines, ils ont été élevés sous la domination de l'Espagne, dont ils parlent la langue, et sont tous chrétiens. Ils appartiennent à la race malaise, et ont le caractère violent et vindicatif. Leur grand amusement est le combat des coqs : ce barbare plaisir leur est commun, du reste, avec les Annamites.

Les Tagals, venus de Manille avec des officiers espagnols à l'époque de la conquête française, nous ont rendu d'immenses services tant comme cavaliers que comme fantassins. Commandés par le brave colonel Palanca, ils ont combattu à nos côtés à Tourane, à Ki-hoa, à Bien-hoa, à Vinh-long, à Mit-cui, à Go-cong. Ce qui en reste s'est placé comme domestiques, spécialement comme saïs : ils adorent les chevaux. Habitués déjà aux usages des Européens par suite de leur contact avec les Espagnols, ils sont pour nos résidants des serviteurs fort utiles. Malheureusement, ils ne peuvent tarder à disparaître.

Arrivés également dans le pays sans famille, les Tagals se sont alliés avec les Annamites, auxquels leur caractère convient à merveille. Ce sont, au reste, des gens hardis, sobres, agiles, soigneux de leur personne. Ils portent le pantalon blanc très collant, et laissent flotter en dehors les pans de leur chemise. Les saïs portent avec aisance et bon goût la livrée européenne ; mais, même dans ce cas, ils conserveront toujours sur leur tête un foulard de couleur, artistement attaché sur le devant : ils aiment également les bijoux et les chaussures fines.

Quant aux Malais de pure race, il y en a à Saïgon un assez grand nombre. Ils servent généralement de saïs ou de garçons de magasin. Ils portent une courte robe rouge et le turban bariolé. Leur langue est fort en usage dans les transactions commerciales, les Chinois la parlant tous : elle s'apprend fort vite, en deux ou trois mois.

Les femmes malaises sont grandes, bien faites et de tempérament ardent. Elles s'adonnent spécialement au repassage et au blanchissage du linge, en concurrence avec les

Chinois : mais leur méthode d'apprêt l'use rapidement, car elles ont l'habitude de le frapper violemment contre des pierres plates au lieu d'employer le battoir. Elles consentent rarement à entrer au service des dames européennes.

MOÏS

Enfin, on rencontre parfois des Moïs à Saïgon. Ces individus appartiennent aux tribus indépendantes qui habitent les montagnes de notre frontière de l'Est ; c'est une race de nomades et de pasteurs. On ne leur connaît aucun culte : on suppose, cependant, qu'ils adorent le soleil. Leur type se rapproche singulièrement de la race juive, et surtout des juifs de Bombay ; il y aurait même une curieuse étude à faire sur cette question d'ethnographie qui n'a point frappé, jusqu'à présent, nos explorateurs. Leurs hameaux sont entourés d'impénétrables bambous. Les Annamites les considèrent comme des sauvages, bien qu'ils paraissent beaucoup plus intelligents qu'eux. Leur langue n'a pas encore été étudiée. Il importerait pourtant, ce me semble, d'examiner si elle ne pourrait point servir à déchiffrer l'écriture de quelques-uns des monuments Khmers.

VI

L'emplacement de Saïgon. — Ses communications avec Bienhoa. — Le Go-Viap. — Monument funéraire de l'évêque d'Adran. — La citadelle. — Distance des divers centres de la colonie et des marchés principaux de l'extrême Orient. — Services postaux.

Un grand nombre d'esprits compétents et impartiaux ont blâmé, dès le début, le choix que l'on a fait de l'emplacement de Saïgon pour l'établissement d'une capitale. Indépendamment que ce port est éloigné de la mer de plus de vingt lieues, le voisinage de l'importante ville chinoise de Cho-len fera toujours tort à son commerce particulier ; en outre, les marécages qui l'avoisinent au nord et au sud, ceux mêmes qui se perpétuent sans façon dans son enceinte propre, en font une résidence malsaine pour ceux de nos compatriotes qui ne peuvent habiter la ville haute ; enfin, ce point n'est pas central, bien qu'on ait, dans le temps, allégué cette même considération pour justifier le choix de l'administration.

Un emplacement préférable eût été, assurément, celui des environs du cap Saint-Jacques, soit dans la baie de Ganray, soit dans celle de Cua-lap, soit même de l'autre côté du cap *Tiwan*. Outre l'avantage qu'il offrait à la ville nouvelle d'une assiette sur les bords mêmes de la mer, l'arrondissement de Baria est, certainement, celui de nos différents cercles qui, par l'excellence et la salubrité de son terroir, offre les meilleures conditions d'établissement et d'exploitation.

Il est vrai que les moyens de communication y sont plus difficiles. Aucun arroyo intérieur, peu de bons chemins. L'arroyo même qui, par l'intermédiaire du Rach-lap, réunit Baria à la rivière de Saïgon est impraticable à marée basse. Mais n'eussions-nous donc pu faire disparaître aisément ces difficultés ? Autrefois, il y a eu des routes bien entretenues, qui assuraient la communication de Hué avec Saïgon et Mitho. A chaque pas on rencontre des traces d'anciens défrichements. Faudrait-il donc des efforts surhumains ou une trop longue persévérance pour mettre au jour, de nouveau, les richesses enfouies de ce fertile terrain ?

Un certain nombre de montagnes se groupent au S.-O., à l'E. et au N.-E. de Baria, derniers contreforts du système orographique de la presqu'île indo-chinoise : quelques-unes atteignent jusqu'à 800 mètres d'altitude. Les mouvements de terrains auxquels ces montagnes donnent naissance permettaient aisément de tenter les cultures les plus diverses, et de choisir les meilleures conditions pour celles qui y existaient déjà.

Bien plus, la configuration particulière du sol permettait d'établir un « Sanitorium » au portes de la ville même : les résidents, affaiblis par le climat, trouvaient ainsi le moyen de reprendre de nouvelles forces, non seulement sans quitter la colonie, ce à quoi il leur faut se résoudre actuellement, mais encore à quelques milles seulement de leurs demeures habituelles.

Enfin, bien loin que le commerce de la capitale se trouvât, en une telle situation, entravé par celui d'une rivale, ce commerce recevait, au contraire, une plus vigoureuse impulsion par suite du voisinage des pêcheries de Phuoc-thyn, des petits hâvres caboteurs de Phuoc-haî et de Loc-an, et surtout des importantes fabrications de sel de Cho-len, dont les salines sont tellement considérables qu'elles fournissent une production suffisante pour alimenter la Cochinchine, le Cambodge et Java.

Tant de réels avantages n'ont pu ouvrir les yeux aux fondateurs de notre entreprise coloniale. Ils ont préféré tenter la fortune sur un des bras du Don-naï, entre Cho-len, dont la concurrence est meurtrière pour Saïgon, et Bien-hoa qui, jusqu'à présent, n'a pu encore lui servir : ils se sont installés hâtivement dans une plaine insalubre, à vingt-deux lieues et demie de la mer, sur un dangereux cours d'eau dont les passes difficiles nécessitent l'emploi constant d'un pilote. Remarquons également qu'au point de vue stratégique un établissement pouvait être défendu pour le moins aussi bien aux environs du cap Saint-Jacques que là où nous l'avons assis.

J'ai parlé du voisinage de Cho-len et de celui de Bien-hoa. Comme je veux consacrer un chapitre spécial à la première de ces villes, je ne vais parler ici que de la seconde, au seul point de vue des profits à en retirer, bien entendu.

L'importance de Bien-hoa est fort réelle quand on considère son agriculture largement développée et les production de toute sorte que ce cercle fournit. Des villages considérables rayonnent à l'entour, où viennent se vendre également tous les produits de la frontière. Une foule d'articles de commerce, des plus importants, pourraient être tirés de ces marchés si le transport en était moins coûteux. En effet, on peut assez facilement les amener à Bien-hoa; mais, de là pour se rendre à la capitale, il faut que les barques descendent la rivière pour aller prendre le bras de Saïgon et le remonter jusqu'à l'Arroyo-Chinois, trajet long et pénible. Les mêmes difficultés se présentent pour le retour.

Une mesure de la plus haute utilité, et qui ferait descendre au marché de Saïgon les importants produits du Nord-Est, de l'Est et des provinces annamites limitrophes, consisterait à rendre navigable le Rack-Tieck, arroyo qui débouche, d'un côté, au-dessous de Bien-hoa et, de l'autre, à cinq ou six milles au-dessus de Saïgon. Dans l'état actuel de cet arroyo, il n'y a que les simples barques qui puissent y passer à la basse eau. Un canal direct de Bien-hoa à Saïgon, navigable pour les gros bateaux annamites, contribuerait puissamment au développement commercial des deux provinces. Tel a dû être autrefois, du reste, l'état de ce cours d'eau, à en juger par la présence des riches villages qui existent encore sur son parcours. L'action du reflux, très puissante dans la rivière de Bien-hoa, a dû le combler peu à peu, le défaut de soins aidant, et l'amener au fâcheux envasement auquel nous le voyons réduit aujourd'hui. Constatons encore l'existence d'une route par voie de terre, d'une longueur de 27 kilomètres, reliant les deux villes. J'ai parcouru plusieurs fois cette route de l'une à l'autre de ses extrémités, et je dois constater que notre incurie la laisse subsister dans un déplorable état. Elle n'est plus même carrossable dès une courte distance de Saïgon.

Cette insouciance des communications est d'autant plus incompréhensible que les rapports entre Bien-hoa et Saïgon sont forcément journaliers. C'est ainsi qu'on ne saurait bâtir à Saïgon sans faire appel, pour les assises des constructions, aux ressources naturelles de sa voisine. Dans les environs de celle-ci, en effet, on exploite d'assez vastes carrières de pierre argileuse contenant de l'oxyde de fer et connue, par toute la Cochinchine, sous le nom générique de « pierre de Bien-hoa ». Dans la carrière, cette pierre est fort tendre et se coupe aisément en blocs réguliers ; elle durcit ensuite à l'air assez rapidement : toutefois, elle ne supporte pas bien une longue exposition à l'humidité. Ces gisements appartiennent au gouvernement qui fait procéder, chaque année, à une adjudication pour leur exploitation. Ils sont situés presque au bord de la rivière, tout au près d'une grande et belle pagode, appelée *Pagode Royale* parce qu'elle servait autrefois de résidence au vice-roi annamite. C'est de ce point que l'on transporte la pierre à Saïgon : mais la difficulté du trajet en augmente beaucoup trop les frais.

Un des motifs qui, au début de la colonie, ont pu déterminer l'emplacement actuel de son chef-lieu, c'est que Saïgon se trouve situé sur la voie directe, par terre, qui conduit au Cambodge, c'est-à-dire à Pnôm-Penh, sa capitale, par Tong-kéou, Tram-bang et Tay-ninh. La distance n'est guère que de 250 kilomètres au plus, tandis que par la voie fluviale, qu'on est malheureusement encore contraint de suivre aujourd'hui, elle est au moins d'un tiers plus longue. Mais, avec notre incroyable inertie habituelle, nous ne nous sommes point préoccupés de prolonger notre route de terre au delà de Tay-ninh, de telle sorte que nous nous sommes volontairement fermé toute une voie naturelle de caravanes entre Saïgon et Bang-kok, laquelle n'est distante que de dix jours de marche de Pnôm-penh, à dos d'éléphant, en passant par Battambon. Grâce au protectorat auquel nous avons soumis le Cambodge, il nous eût été facile, cependant, de prolonger la route de Tay-ninh à travers la province de Bap-pnôm, qui sépare seule notre frontière de la résidence du roi Norôdom. Une colonie anglaise n'aurait point négligé un pareil débouché ! Mais, puisque c'est chez nous un parti pris de ne pas dépasser Tay-ninh, peu importait, au point de vue des échanges commerciaux avec le Cambodge et le Siam, d'établir le chef-lieu de notre colonie aux environs du cap : bien plus, cette situation aurait encore eu cet avantage de rapprocher les deux centres en diminuant la distance par voie de navigation.

Il faut être juste, cependant. Il existe autour de Saïgon de riches terrains dont une grande partie se trouve aujourd'hui productive, grâce au bon vouloir des vaincus. Les Annamites, en effet, sont venus se grouper autour de la capitale, s'installant dans les meilleures positions. On a dû les leur laisser prendre, les concessionnaires européens se refusant énergiquement, pour la plupart, de mettre en valeur les terrains ruraux qui leur appartiennent. Entre tous ces cantons favorisés par la nature il importe de citer au premier rang celui de Go-viap pour sa fertilité et les ressources de toute sorte qu'il offre. On n'y recontre que fermes et cultures. Nulle part on ne trouve de mangues aussi exquises, de mangoustans aussi beaux, de bananes aussi parfumées. Je ne parle que pour mémoire des oranges, des ananas, des pamplemousses, des pastèques, des caramboles, des pommes d'acajou, des pommes-canelle, des goyaves et des légumes de mille espèces qui naissent, savoureux et abondants, dans cette région privilégiée. Le touriste y rencontrera des sites ravissants, le rêveur des ombres charmantes, l'artiste un sculpteur annamite, sorte de Benvenuto de race jaune, qui manie en maître la pierre et le bois dans sa modeste case de Tam-léong.

C'est entre le Go-viap et la route de Tong-kéou que se trouve le tombeau fameux de l'évêque d'Adran, Mgr Pigneau de Behaigne. Ce monument a toujours été respecté par les Annamites, même pendant la guerre acharnée de 1861. L'évêque d'Adran, né dans le Soissonnais, fut, au siècle dernier, vicaire apostolique de la Cochinchine. Principal ministre de l'empereur Gia-long, il l'aida, tant par ses conseils que par l'intervention de plusieurs officiers français qu'il appela auprès de lui, à reconquérir successivement tout son empire jusqu'au Tong-kin, à la faveur des troubles qui divisaient les Tay-son. C'est par ses soins patriotiques que fut conclu le traité de 1787 entre le roi Louis XVI et le gouvernement annamite, traité si avantageux pour la France, mais dont le mauvais vouloir de notre représentant à Pondichéry et la Révolution de 1789 empêchèrent les bons effets. Le grand prélat mourut, le 9 octobre 1799, dans une charmante habitation qu'il possédait aux environs de Saïgon, et qui est encore actuellement connue sous le nom de *Villa des Manguiers*. D'admirables spécimens de cette essence l'entourent, contemporains de l'illustre homme d'État. Gia-long fit faire de magnifiques funérailles, auxquelles toute la province assista, à ce ministre sage, à qui il avait justement donné le titre d' « accompli ». Le monument, construit dans le style des pagodes indigènes, a été réparé, il y a quelques années, par l'architecte français Barthélemy.

Ses quatre faces se composent de battants de bois, mi-partie sculptés et mi-partie à jour : au fond, un autel surmonté en relief des armoiries de l'évêque ; au pied de l'autel, le tombeau, accompagné d'une pierre tumulaire sur laquelle une inscription en caractères chinois retrace les titres et les mérites du défunt. Tout autour, en fer à cheval, une enceinte de pierre ornementée. Sur le devant, faisant face à la route de Tong-kéou, un écran, également en pierre, sur lequel divers fauves sont représentés en émail. Somme toute, c'est un majestueux et imposant sépulcre, plus vénéré encore des populations annamites que des nos indifférents Européens. L'amiral Charner a fait acte de justice et de patriotisme en le déclarant, lui et son emplacement, propriété nationale.

Ce tombeau est situé à six kilomètres environ de Saïgon. On peut s'y rendre par le Go-viap ou par la route de Tong-kéou. Mais la route du Go-viap n'est praticable qu'à cheval, tandis qu'on peut suivre la seconde en voiture presque jusqu'au monument lui-même. Je dis « presque », car l'administration laisse sans réparations un pont de bois actuellement pourri, et qui n'est distant que de 600 mètres à peu près de l'édifice.

Notons, enfin, qu'on traverse, en se rendant de Saïgon à la Villa des Manguiers, la longue suite de retranchements connus sous le nom de « lignes » de Ki-hoa et si célèbres par la résistance extraordinaire que nous opposèrent les Annamites au moment de l'occupation. Ce ne sont plus que des débris.

On le voit, les fondateurs de notre colonie ne se sont préoccupés, dans le choix de l'emplacement de leur capitale, que des nécessités du moment. Il est évident que les environs du cap, indépendamment qu'ils offraient le voisinage de provinces aussi fertiles que le Gia-dinh, étaient de beaucoup préférables tant au point de vue sanitaire qu'au point de vue de la facilité des débouchés. Mais nous ne songeons jamais qu'à l'heure présente ! Toutefois, telle qu'était la situation de Saïgon, on pouvait encore en tirer un excellent parti à l'aide de quelques travaux dont ni la durée, ni la dépense n'eussent été, relativement, considérables : ces travaux, on ne les a point faits, ni même tentés. Et, cependant, les souverains dépossédés par nous les avaient menés à bien jadis ! Nous retrouvons partout les traces de leur intelligent passage : mais nous ne voulons pas même réparer.

Je ne comprends point davantage qu'on ait démantelé la citadelle de Saïgon. Cette place avait été fortifiée, en 1791, par le colonel Victor Olivier, l'un des vingt Français amenés par l'évêque d'Adran à la cour de Gia-long. De cet endroit il fit partir vers Mitho, vers le Cambodge et vers le Siam des routes destinées à neutraliser la voie ouverte, par le Sud et par l'Occident, aux envahisseurs qui tenteraient de descendre les cinq grands fleuves et à diriger rapidement des secours sur les points menacés. En même temps, au point de rencontre de ces routes militaires, il éleva une forteresse quadrangulaire, dont chacune des faces comprenait deux fronts. En 1835, elle fut prise et rasée à la suite d'une révolte. Mais le gouvernement de Hué la fit reconstruire, en 1837, à l'angle nord de son premier emplacement. Il adopta la forme d'un grand carré bastionné, revêtu de maçonnerie. De nouveau, Saïgon commanda le pays, sans avoir rien à craindre désormais des insurrections des Cambodgiens ou des Siamois. Ce furent les Français qui lui portèrent le dernier coup. L'amiral Rigault de Genouilly s'en empara le 17 février 1859 et ruina la forteresse une seconde fois. Cependant, les fossés ne sont comblés que sur quelques points, et il faudrait peu de travail pour les remettre en état. Puisque nous nous sommes décidés à occuper définitivement cette position, je m'étonne que l'on ait ainsi dégarni la ville du côté de la plaine. Le fort du Sud ne protège que le fleuve : il nous semble que cette défense est insuffisante en cas d'un coup de main venu de l'intérieur. Notre flottille du Don-naï, vu la situation topographique de la place, ne pourrait certes pas empêcher, par exemple, l'incendie de la haute ville, dont les innombrables constructions atteignent aujourd'hui une valeur énorme.

Terminons ces considérations par un bref tableau des distances qui séparent Saïgon des autres centres principaux de la colonie ainsi que des colonies voisines.

Distance de Saïgon à Tay-ninh, point extrême nord de la Cochinchine française : 115 kilomètres.

Distance de l'embouchure du Don-naï : 90 kilomètres.

A l'est, distance de Bien-hoa : 27 kilomètres ; de Bien-hoa à Baria, 94 kilomètres ; de Long-than, point médial entre Bien-hoa et Baria, à Bao-chan ou Gia-loan, point extrême de notre frontière orientale, 60 kilomètres.

A l'ouest, Mitho est distant de 50 milles de Saïgon. C'est à partir de Mitho que nous comptons maintenant la distance des différentes villes suivantes : Vinh-long, à 25 milles ; Chau-doc, sur le *Bassac*, à 60 milles. Sadec est à 12 milles de Vinh-long; Long-xuyen à 80 milles de Sadec, et Ha-tien, notre port sur le golfe de Siam, à 60 milles de Chau-doc.

Nous avons dit quelle distance sépare notre capitale de celle du Cambodge.

Saïgon n'est éloigné de Hué, capitale de l'Annam, que de 500 kilomètres environ par voie de terre.

Distance de Hong-kong, 915 milles ; de Hong-kong à Canton, 95 milles, et à Macao 60 milles ; de Canton à Pé-kin, 757 lieues.

Distance de Manille, 908 milles ; de Singapore, 637 milles ; de Batavia, par Singapore, 1,187 milles.

Distance de Pointe-de-Galles, 2,137 milles ; de Pondichéry, 2,227 milles ; d'Aden, 4,272 milles.

Si nous voulons, enfin, nous reporter aux deux têtes extrêmes de la ligne desservie dans ces mers par nos paquebots des Messageries, nous trouvons que, d'une part, Marseille est à 7,170 milles de Saïgon et que, d'autre part, Shang-haï et Yokohama en sont éloignées, la première de 1,715 milles, la seconde de 2,505 milles.

Tous les quinze jours, les Messageries desservent Saïgon pour la France, et tous les quinze jours également pour la Chine et le Japon ; on sait que le service postal se fait par les paquebots de cette Compagnie. Quant aux dépêches télégraphiques, personne n'ignore non plus qu'elles sont expédiées par un câble spécial.

En outre, un actif service postal se fait par voie de terre à l'aide de courriers (*trams*). Ils franchissent la distance entre Saïgon et Hué en 12 jours, entre Hué et Hâ-noï, capitale du Tong-kin, en 7 jours, soit une moyenne de 40 kilomètres environ par jour. Toutefois, quand le temps est mauvais ou que les dépêches ne sont pas pressées, il faut compter sur un retard de trois à quatre jours entre Saïgon et Hué, et de un à deux jours entre Hué et Hâ-noï. Depuis que la France a installé une légation permanente à Hué et trois consulats sur trois points différents de l'empire d'Annam, ces services s'accomplissent régulièrement tous les quinze jours. Les courriers vont au galop, sans jamais longuement s'arrêter, même pour prendre la nourriture nécessaire. Sans les montagnes et les cours d'eau qui ralentissent à chaque instant leur course, ils accompliraient facilement un trajet double par jour. Leurs petits chevaux sont ornementés et caparaçonnés avec soin dans le genre des coursiers arabes et des mules espagnoles. Les correspondances sont enfermées dans des tubes de bambou, ficelés et cachetés. Elles se transmettent ainsi, sans risques aucuns, à chaque relai. La première organisation de ces *trams* remonte, paraît-il, au XIe siècle, époque où l'Annam faisait encore partie du royaume de Ciampa.

VII

La ville chinoise : Cho-len. — Mœurs chinoises.

Pour se rendre à Cho-len, deux routes sont fréquentées de préférence : celle *des Mares*, et celle de l'Arroyo-Chinois.

La route des Mares fait suite à la rue de La Grandière. A droite, la Plaine des Tombeaux; à gauche, une longue bande de terrains riches et fertiles. Aux portes mêmes de Saïgon se trouvent d'anciens jardins de mandarins annamites. Situés les uns à la suite des autres, ils renfermaient d'opulentes maisons de plaisance dont les ruines se cachent maintenant sous l'herbe. Il ne reste plus que les bosquets qui ornaient ces délicieuses retraites : goyaviers et pamplemousses, manguiers et mangoustaniers, curieux banians, magnifiques tamariniers, aréquiers élancés. Mais la pioche des Européens tend peu à peu à les faire disparaître : on construit. Plus loin, la route longe le Haras et cet ancien parc d'artillerie, aujourd'hui simple caserne, qu'on appelle « les Mares », à cause de deux petits étangs qui ornent chaque côté de la porte d'entrée, dans l'un desquels les mandarins conservaient du poisson et dans l'autre des caïmans. Il y a là deux pagodes royales, célèbres dans les fastes du pays : en 1783, on enterra pompeusement dans la première un soldat français qui avait donné sa vie pour la défense de Gia-long ; dans l'autre, Gia-long lui-même y épousa une femme qui fut la mère de Minh-Mang. Depuis cet endroit, la route n'offre plus d'intérêt. Elle a une longueur totale de 6 kilomètres.

L'Arroyo-Chinois, si animé, si peuplé, si gracieusement dessiné pour offrir à l'œil d'agréables contours, est une seconde route plus commode pour ceux qui redoutent la poussière et la chaleur. De ce côté, il y a certainement peu de villes qui peuvent offrir un plus joli coup d'œil que Saïgon. Sur les bords de la rivière s'échelonnent des maisons dont les pilotis s'avancent au-dessus de l'eau, et servent de quai à leurs habitants. De petits canaux, d'étroites baies s'échappent derrière des massifs de verdure. A droite, l'immense toiture du théâtre chinois de *Cau-ong-Lanh*. A gauche, un peu plus haut, l'Arroyo-de-l'Amphytrite (*Ong-Lan*) ; en face de cette rivière, et devant nous, se dessine sur un fond d'aréquiers et de cocotiers la modeste croix de l'église de Cho-quan. Auprès, c'est l'hôpital de ce joli village, hôpital consacré aux Asiatiques. Il se relie par mille sentiers, pleins d'ombre et de fraîcheur, à la pagode des Mares.

L'Arroyo-Chinois est encore plus utile pour le commerçant qu'il n'est agréable à parcourir pour le touriste. Il sert à exporter du vaste entrepôt de Cho-len les marchandises qui y affluent de toutes parts. Un pont, situé à l'entrée, empêchait naguère encore, les jonques de mer d'aller charger à Cho-len même. Ce pont s'est écroulé, et l'on vient de le remplacer heureusement par un pont tournant en fer, qu'on a fait construire en France.

Si nous entrons, maintenant, dans la ville par l'un des embranchements de ce magnifique canal, nous ne pouvons qu'admirer ces larges rues bien bâties de solides maisons à un étage, ces quais encombrés d'hommes et de ballots, ces magasins remplis jusqu'à la porte d'innombrables richesses récoltées par l'actif et patient commerce des Chinois. C'est que Cho-len est bien une ville à eux : aussi cette cité a-t-elle pris en peu de temps un essor considérable. La liberté commerciale était le seul moyen d'arriver à ce rapide développement : en brisant les vieilles entraves, on est arrivé à fixer définitivement les Chinois dans cette ville de leur choix. Il est vrai qu'ils y sont établis depuis un siècle. Un grand nombre d'entre eux est actuellement propriétaire de terrains et de maisons. Ils comprennent parfaitement toute la portée des mesures prises en leur faveur : ils y aident de leurs efforts, et ils en profitent.

Le nom véritable de Cho-len est *Taï-Ngon*, désignation chinoise dont les Annamites avaient fait *Saï-gon*. Aujourd'hui, cette ville n'est plus appelée que par son nom indigène de Cho-lon, ou Cho-len, qui signifie *grand marché*.

A notre arrivée en Cochinchine, Cho-len était une ville sale, aux longues rues étroites et tortueuses, aux maisons obscures et malsaines. Les ponts en dos d'âne, impraticables aux voitures, étaient même peu commodes pour le pied d'un Européen. La voirie était souvent inondée par la marée, et le devant des cases n'était qu'un réceptacle d'immondices. Nous avons percé des rues amples et aérées, développé les quais, creusé un canal, reconstruit ou restauré les maisons du bord de l'eau, créé des ponts, délimité les propriétés, éclairé et assaini la ville. Par nos soins, les faubourgs annamites ont été reportés sur de nouveaux emplacements. Au milieu de la cité, s'élève un immense bazar à arcades et à étage, avec cours intérieures et trottoirs au dehors. On peut enfin circuler à l'aise dans ce centre mouvementé.

Grâce aux arroyos et aux canaux qui les relient, les jonques, les sampans, les bateaux de pêche peuvent pénétrer de tous côtés dans la ville, et décharger leurs produits au pied même des magasins. Un service spécial de mouches à vapeur porte et ramène, toutes les demi-heures, les voyageurs, leurs marchandises et leurs denrées de Cho-len à Saïgon.

La ville a été divisée en cinq quartiers, ayant chacun un chef chinois, un chef minh-huong et un chef annamite, ce qui a eu pour effet de rendre homogènes ces trois éléments de population si disparates, et d'intéresser, malgré eux, les Annamites, si indolents, aux améliorations locales et au développement commercial de la cité. L'inspecteur des Affaires indigènes a la surveillance et le contrôle de l'administration des chefs de congrégation : il est également chargé de la justice et du recouvrement des impôts. Notons encore qu'il était question, au moment où je quittais la colonie, de doter Cho-len d'un conseil municipal exclusivement asiatique. Mais je crois qu'au point de vue de l'avenir ce serait là une mesure fâcheuse.

Ce qui fait, pour l'Européen, l'attrait particulier de Cho-len, ce sont ses nombreuses pagodes. Cette ville est le véritable boulevard du boudhisme en Cochinchine. Nous en visiterons trois.

La première est la pagode de *Kouang-Ti*, le Mars chinois. Elle est consacrée aux divinités guerrières. A l'extérieur, elle ressemble à toutes ses congénères. Une haute muraille de briques l'entoure de toutes parts, au milieu de laquelle s'élève une porte monumentale à trois compartiments supérieurs ornés de bas-reliefs en porcelaines incrustées : celui du centre domine de toute sa hauteur les trois autres, et chacun est recouvert d'une légère toiture de briques ondées destinée à les protéger contre les atteintes des pluies. Au dedans des murs, une vaste cour, dans laquelle sont construits deux longs corps de logis séparés : celui de gauche, qui est la pagode même, le temple ; celui de droite, réservé aux fonctionnaires du lieu. Entre ces deux bâtiments, une haute et mince colonne en bois ouvragé, supportant une corniche de bronze sculpté dans laquelle s'enchâsse un génie difforme. La toiture en briques de la pagode est surchargée d'une infinité d'ornements merveilleux en faïence ouvrée : de place en place, des oiseaux gigantesques du même travail : au milieu, un groupe colossal de fleurs et de figurines entrelacées en de capricieuses arabesques, et que surmonte la fleur sacrée du lotus, entourée de rayons. Nous pénétrons dans le couloir de gauche, après nous être garés d'un troupeau famélique de molosses indigènes, et nous nous risquons par une petite porte dérobée. La grande porte du vestibule de la façade ne s'ouvre qu'aux jours fériés. L'intérieur du sanctuaire est divisé en deux parties, soutenues chacune par de nombreuses colonnes de bois noir, avec soubassements de granit : le côté qui touche au vestibule est réservé aux fidèles. Le milieu est à ciel ouvert ; c'est le parvis intérieur, et cette sorte de cour éclaire seule le sanctuaire. Celui-ci ne contient que l'autel, énorme de proportions, et recouvert de bannières brodées soie et or : des armes en bois peint l'entourent de faisceaux formidables. A chaque angle, deux idoles ventrues, gardes du corps de taille colossale et grimaçants, l'un la face noire et la lance au poing, l'autre les mains enfoncées dans ses larges manches, tous les deux ornés de moustaches et de longues touffes de barbe au-dessous des oreilles : ils se regardent l'un l'autre sans rire. Sur l'autel principal, l'illustre Kouang-Ti ; sa barbe est toute blanche. A sa droite, son fils *Kouang-Ping* ; à sa gauche, son fidèle écuyer, Sancho-Pança ridicule de ce carnavalesque don Quichotte.

La seconde pagode est celle de *Kwan-chin-Whay-quau*, élevée à la déesse *Koang-Yn* ou *A-pho*, la puissance créatrice, la patronne des navigateurs.

Pour y accéder, on traverse une cour dallée en granit apporté de Canton. Deux sphinx en granit, roulant une boule entre leurs dents, en gardent l'entrée. Le long des murs, on remarque des grisailles de fleurs d'un très beau fini, quoique l'on ait, avec raison, reproché aux Chinois de ne faire que des travaux grossiers en ce genre. Au-dessus, on voit des scènes à personnages. Ce sont des figurines en terre, recouvertes d'un émail de couleurs et de petites surfaces miroitantes, des gouaches bizarres, de grosses lanternes rouges, un panka sculpté, doré, et sur le toit en tuiles vernies, des serpents et des oiseaux fantastiques.

Les portes sont sculptées à jour; de chaque côté est un petit autel où siège un dieu barbu. Le long des galeries latérales, des plaques de marbre noir sont incrustées verticalement dans la muraille, et couvertes d'inscriptions. Au-dessus règne une série de peintures à la gouache, des sculptures représentant des combats équestres, avec la lance, l'arc et la hachette, des mandarins siégeant à leur tribunal et des dames de la cour. Un espace carré est réservé entre la nef et le chœur pour faire partir des pétards. Les papiers dorés et argentés qu'on brûle sont jetés enflammés dans un grand vase en fonte ornementée placé devant l'autel. La nef est séparée de cet espace par une grille en beau bois dur, et ses piliers portent des sentences en lettres dorées. Là se trouvent des chaises, des fauteuils et des petites crédences en bois noir à dessus de marbre.

Le fond du temple forme un dais supporté par de belles colonnes : sur les autels sont de vastes niches en bois laqué, doré et découpé à jour. C'est là que trônent les divinités chinoises. La niche de l'autel principal est occupée par la déesse, et de chaque côté sont deux autres autels où sont assis des dieux barbus.

La déesse porte un diadème surmonté d'un carré rouge assez semblable à la coiffe des Italiennes. Elle a des boucles d'oreilles : autour de sa tête est une auréole dorée. Elle tient à la main une règle plate et dorée, semblable à celle dont les grands mandarins font usage : près d'elle sont placées deux autres déesses, un enfant portant un coffret et un autre un rouleau. Deux personnages, à la mine menaçante, se dressent de chaque côté. Devant l'autel on voit de grands écrans en plumes de paon, des drapeaux triangulaires, une petite jonque avec ses voiles, des bâtonnets odorants, des fausses fleurs ou des lotus, des images en clinquant, entremêlées de petits cadrans de montre, de petits miroirs et d'inscriptions. Les jours de fête, on y place aussi les bannières de la congrégation cantonnaise et des insignes en cuivre fixés en haut d'un bâton laqué. Sur une table est dressé un cylindre enrubanné en bois de sandal ou autre bois parfumé d'un grand prix, offert pour être brûlé dans le temple.

D'un côté de l'autel est un tam-tam, de l'autre une belle cloche chinoise. Trois tables sont disposées en avant pour recevoir les offrandes des sacrifices, qui consistent en cochons rôtis tout entiers et laqués, en fruits, gâteaux, volailles, crustacés, thé. Au pied des tables sont des nattes et des coussins, où les adorateurs font leurs prosternations et leurs offrandes à grand renfort de coups de tam-tam, de cloche et de détonations de pétards.

Là, ils consultent les sorts au moyen de la racine courbe du bambou fendue en deux : on rapproche les deux parties, on les laisse tomber ; elles se séparent, et la façon dont les nœuds de chaque moitié sont placés respectivement est un pronostic favorable ou défavorable. Ou bien encore au moyen de quarante-neuf petites baguettes sur lesquelles sont des prédictions et que l'on jette au hasard : si leur position fortuite correspond aux lignes indiquées dans les livres des bonzes, c'est un sort heureux. Les jours de fête, les bonzes président les cérémonies, et les Chinois en grand costume viennent de bon matin faire leurs adorations.

Dans la partie latérale droite du temple est un atelier de stéréotypie pour les formules des prières. Les caractères sont gravés sur des planchettes en bois, et on les reproduit à un nombre d'exemplaires considérable. Cette méthode n'est pas aussi perferfectionnée que celle des boudhistes, qui ont envoyé à l'Exposition de 1867 une machine à prières qui en débite cent-vingt par jour. Près de là, on fabrique et l'on vend des cierges, des papiers dorés et argentés, des liasses de sapèques et de piastres en papier, ingénieux billets de banque à la portée de toutes les bourses. Les bons Chinois les font passer, en les brûlant, à leurs ancêtres, en même temps que des habits, des ustensiles et tous les objets nécessaires à la vie matérielle, le tout représenté sur une feuille de papier grossier et disparaissant en fumée.

Un autre compartiment contient quatre grandes chaudières, et sert de cuisine les jours de fête. Nous avons vu sur de grandes tables des monceaux de cochons rôtis offerts en sacrifice pour le plus grand profit des vivants, qui causaient, riaient tout haut, allaient et venaient dans l'enceinte même du temple. Un orchestre indigène mêlait ses notes discordantes à tout ce bruit. Dans la partie latérale, à gauche, est un appartement dont les murailles sont ornées de dessins en noir ; là se trouvent une table et de beaux sièges : c'est la salle du conseil.

Il y a encore d'autres chapelles, et une sorte de grenier où l'on arrive par un escalier en bois, mais où l'on ne voit rien de remarquable.

Nous sommes maintenant suffisamment instruits sur l'aménagement intérieur d'un temple.

La troisième pagode que nous visiterons est la Pagode-Neuve. Elle est consacrée à Boudha. J'ai assisté à son inauguration solennelle, à laquelle prit part un bonze venu tout exprès du Thibet, et pour laquelle on dépensa de folles sommes. De l'autre côté de la rue, et vis-à-vis, se trouve un vaste enclos, ceint de trois côtés par de hautes murailles enduites d'un ciment fin sur lequel on a dessiné en noir de gigantesques tigres : le côté qui donne sur la voie publique est décoré d'une grille, ce qui permet d'en sonder les moindres coins. Cet espace est vide, et on le réserve pour des représentations scéniques à l'époque des Grands-Jours. Quant à la pagode, un fossé profond, revêtu d'un mur de pierres sèches, la sépare de la rue. Sa décoration extérieure et intérieure est analogue à celle des deux précédentes. On y remarque, cependant, un patient et merveilleux travail : ce sont six énormes colonnes en granit, chacune d'une seule pièce, dans lesquelles l'artiste a sculpté à plein de gigantesques dragons. Deux de ces colonnes sont placées à l'entrée, sous le vestibule, deux dans la nef, et deux de chaque côté du sanctuaire.

Telle est la physionomie générale de ces pagodes fameuses, dont on compte bien une trentaine dans Cho-len. Mais il n'y a de riches que celles qui appartiennent aux Chinois.

Les trois pagodes que je viens de décrire sont situées dans la rue qui conduit à Saïgon, non loin de l'église catholique et du couvent des religieuses françaises.

Redescendant enfin cette rue, nous longeons la résidence splendide des trois Administateurs des Affaires indigènes : un magnifique jardin l'entoure. En face, les casernements des matas. Nous voici revenus à la route des Mares, le long de laquelle, au milieu d'énormes manguiers, s'élèvent les cintres arrondis de nombreuses fabriques de briques. Puis nous abandonnons le mouvement et la vie, car l'œil ne contemple plus désormais que les ajoncs désolés de la *Plaine des Tombeaux*.

Depuis le 27 décembre 1881, Cho-len est relié à Saïgon par une ligne de tramways à vapeur qui réussit à merveille. Leurs wagons ne transportent pas moins, parait-il, de 2,000 à 2,500 Asiatiques par jour, pour le prix de 0 fr. 30. C'est un beau résultat. Dans leur langage imagé, les Annamites ont surnommé ce tramway : « le cheval de feu ».

Je ne veux point quitter Cho-len sans dire encore quelques mots des Chinois, ce peuple industrieux, intéressant, pour lequel j'ai toujours ressenti, malgré moi, un attrait des plus vifs. Ce n'est pas que je me dissimule leurs défauts ou leurs vices : mais je ne puis me défendre d'admirer leur ténacité laborieuse, que rien ne lasse, et leur merveilleuse facilité à s'assimiler les usages et les mœurs des pays où ils vivent, tout en conservant, dans le secret inviolable de leurs demeures, l'intégrité de leurs coutumes et de leurs traditions propres. L'ensemble de ce peuple m'a toujours paru constituer un perpétuel problème, dont la solution n'est point aisée à trouver.

Ces hommes, si impassibles d'apparence, si réservés à l'égard de l'étranger, sont pourtant d'un naturel mobile et gai. Que de fois, en passant devant le seuil de leurs maisons closes, j'ai entendu retentir à l'intérieur un rire joyeux et bruyant ! Que de fois je les ai contemplés, assis sous leurs vérandahs peintes, s'ébattant avec le turbulent essaim de leurs rejetons débraillés, se faisant petits comme eux et partageant avec une complaisance infatigable leurs jeux enfantins ! Que de fois je les ai vus se livrer, avec leurs voisins ou leurs amis, aux charmes d'une conversation plaisante et vive, la raillerie sur le coin des lèvres et l'œil étincelant d'un feu malicieux ! Que de fois, enfin, je me suis étonné de les surprendre modulant un air de fête, tout en s'accompagnant d'une sorte de violon criard dont ils semblaient goûter avec délices l'aigre et perçante tonalité ! Toutes les fois que le Chinois ne se livre pas aux préoccupations du négoce et dès qu'il parvient à se soustraire au regard indiscret de l'Européen, son masque rigide tombe, et l'homme apparaît alors, dépouillé de son insensibilité de commande, ressentant, tout ainsi que nous, les fluctuations si diversement imprévues de l'existence, n'hésitant jamais à s'abandonner franchement au plaisir et à la joie quand il les rencontre sur sa route.

Souvent même son allégresse se manifeste à l'aide d'un apparat exagéré. L'économie le cède, en pareil cas, à la vanité. C'est, surtout, aux grandes fêtes commémoratives des Ancêtres, dans les cérémonies funéraires, ou à l'occasion d'un sacrifice solennel dans les pagodes que son orgueil se donne ample carrière. Un Chinois n'aime pas qu'un rival le surpasse en munificence. Rien ne lui coûte, alors, pour témoigner sa libéralité. Repas somptueux, victimes nombreuses, aumônes et largesses au populaire, il n'épargne rien. Il va même, quand sa fortune le lui permet, jusqu'à donner à ses frais de dispendieuses représentations scéniques : l'élégant enclos de la Pagode-Neuve est le théâtre ordinaire des exhibitions intéressées des opulents et glorieux Crésus de Cho-len. Que de piastres se sont englouties dans ces luttes d'amour-propre ! Les pièces que l'on joue en pareilles occasions roulent exclusivement sur des sujets sacrés ou historiques : elles sont courtes, bien que la fête se prolonge ordinairement pendant trois jours ; de plus, les acteurs sont exclusivement choisis parmi les troupes d'artistes hommes.

Cette circonstance est à noter. En effet, les *impresarios* asiatiques enrôlent tour à tour et exhibent des troupes composées tantôt d'artistes hommes, tantôt d'artistes femmes : mais jamais les deux sexes ne se rencontrent mélangés. Au reste, l'illusion scénique n'y perd rien. De jeunes garçons rendent au mieux les rôles féminins, d'autant plus que le *nec plus ultra* de l'art dramatique chinois consiste à lancer le plus souvent possible des intonations soigneusement étudiées avec une voix de tête imitant, à s'y méprendre, un soprano suraigu. Les éphèbes réussissent admirablement à ce miaulement quintessencié. Plus la note est ainsi prolongée sur ce mode fatigant, plus l'acteur est populaire et plus le public dilettante applaudit. D'autre part, le visage soigneusement épilé des Asiatiques mâles leur permet de revêtir sans désavantage les ornements féminins. Les plus experts s'y trompent. J'ai connu des Européens qui ne pouvaient, à cet égard, se consoler des mécomptes singuliers que leur causaient les apparences. Ces artistes ne sont pas, cependant, d'une conduite plus irrégulière que dans les autres castes sociales. Je me suis même laissé raconter que les troupes de femmes faisaient preuve d'une moralité relative : à coup sûr, elles se refusent énergiquement, en Cochinchine, à tout contact avec l'étranger. Cette réserve est d'autant plus méritoire que leurs émoluments sont médiocres. Un premier rôle ne touche pas plus de 25 piastres (138 fr. 75) par mois.

Je ne suppose pas qu'on attende de moi une dissertation approfondie sur l'art dramatique chinois. Indépendamment que la langue m'est totalement inconnue, je n'ai que fort rarement assisté aux représentations de Cau-ong-Lanh ou de Cho-len. Tout ce que je puis dire, c'est que les drames, historiques ou fantaisistes, durent généralement deux ou trois jours. Chaque soirée se prolonge sept ou huit heures. Le tout est entremêlé, en guise d'entr'actes, de pantomimes ou de prestidigitations, dans lesquelles les Chinois, et surtout les Japonais, excellent. Quant au décor, il est primitif. La scène ne change jamais : une simple pancarte, suspendue à une ficelle ou clouée contre un portant, indique successivement les changements de lieu. Le public se contente de cet avertissement, et son intelligence supplée à ce que ne peuvent entrevoir ses yeux. L'éclairage laisse non moins à désirer. Le moucheur de chandelles ne se gêne aucunement de traverser la scène, à demi nu, pour remplir son office, bousculant avec la plus grande désinvolture héros et figurants, sans que les spectateurs paraissent y prêter attention. Quant à l'orchestre, il est assis au fond de la scène et fonctionne presque constamment ; mais sa cacophonie endiablée n'est pas une fatigue peu cruelle pour l'Européen nouvellement débarqué. En un mot, assister une fois, en passant, à une représentation chinoise offre l'attrait de l'imprévu : y assister une seconde fois, alors que rien n'y force, n'est, pour moi du moins, qu'une corvée pénible dont rien n'excuse ou n'explique la recherche.

Les Chinois jouent, également, la comédie et le vaudeville. Mais je n'engage point les dames françaises à en risquer l'audition. Ces représentations ne sont que trop souvent d'une immoralité révoltante. L'Asiatique ne s'effraie jamais de figurer sur la scène les actes que leur nature destine à n'être accomplis qu'à huis-clos. Il a fallu que le gouvernement intervînt pour défendre aux acteurs de Cau-ong-Lanh des improvisations ou des attitudes immondes, que le voisinage des Européens rendait dangereuses. A Cho-len et dans les autres centres éloignés, l'administration n'a plus autant de scrupules. Pour ma part, j'ai voulu assister à une de ces figurations hideuses, afin de me rendre compte par moi-même du degré de certaines démoralisations : j'avoue que j'ai dû me retirer avec dégoût. Les Chinois, gens peu prudes et peu délicats en matière d'art, se gaudissaient à ce spectacle, dont ils soulignaient à haute voix, par un feu roulant de plaisanteries sans vergogne, les endroits les plus risqués. Notons, toutefois, qu'ils n'applaudissent jamais des mains. Leurs rires, qui se produisent sans contrainte, témoignent seuls de leur satisfaction.

La première fois que j'assistai aux représentations de Cau-ong-Lanh, c'était à l'ouverture de la saison théâtrale, en juin. Deux de mes collègues et un avocat de Saïgon m'accompagnaient. L'impresario avait fait splendidement les choses. Comme on savait d'avance que trois magistrats français « honoreraient » la fête de leur présence, un buffet soigneusement garni avait été installé dans la tribune réservée aux Européens. Rien n'y manquait, pas même le champagne, ce vin si cher aux riches Chinois ! Inutile d'ajouter que nous devions profiter, sans bourse délier, de cette gracieuse prévenance, dont le banquier Banh-ap, fermier de l'opium à Cho-len et commanditaire du théâtre, avait fait les frais. Son énorme, mais courtoise personne se prélassait à nos côtés. Je m'étais fait escorter de l'un des interprètes indigènes du tribunal : mais le directeur de la troupe, fort au courant de la langue française, avait tenu à m'expliquer lui-même le *scenario* et les péripéties du drame. Une surprise, d'ailleurs, nous était ménagée. Au lever du rideau, le principal acteur, s'avançant seul vers la rampe, nous adressa une harangue pompeuse, improvisée ou à peu près, nous assura-t-on. Il paraît que cette déclamation préliminaire est d'usage à l'égard de tout

Français d'importance qui assiste aux débuts de la saison. Si je m'en rapporte à la traduction qui m'en fut faite, elle était remarquable par l'heureux choix des idées, quoique bien un peu hyperbolique dans sa forme élogieuse. Arrivés à huit heures et demie, nous nous retirâmes après minuit, laissant le public affriolé savourer une trame admirablement embrouillée : mais la simplicité de l'action n'est point de mise ici. Je dois ajouter que chaque fois que j'ai voulu assister à ces représentations, la direction m'a reçu avec les mêmes attentions luxueuses, sauf l'allocution du premier rôle, laquelle ne se reproduit point deux fois dans la même saison.

Les abords du théâtre de Cau-ong-Lanh sont difficiles à décrire. On y pénètre sous une longue voûte de bois, dont l'entrée se manifeste au loin par une multitude de banderolles fantastiques et de lanternes bariolées. La détonation des pétards fait retentir, à chaque minute, les échos de l'arroyo. Au reste, nul peuple ne brûle autant de poudre que les Chinois : leurs moindres réjouissances se signalent de la sorte, et ils se réjouissent souvent. On a dû même interdire ce jeu dans certains emplacements de la ville plus encombrés, afin d'éviter les accidents. Qu'on y joigne les cris des enfants et le perpétuel retentissement d'innombrables instruments de musique, tous plus discordants les uns que les autres, ainsi que le tumulte bruyant d'une foule impatiente et joyeuse, qui va, vient et se heurte incessamment aux environs, toujours grossissante et jamais lasse, et l'on aura quelque idée du lieu. Le théâtre laisse échapper, par les sections nombreuses de sa toiture, une lueur brillante, dont les reflets, d'un rouge vif, se prolongent au loin. Cette lueur et ces bruits feraient croire à un incendie. L'édifice est entièrement construit en bois, et son immense charpente exclusivement en rotin. Tout cela est d'une solidité éprouvée. Quant aux nombreux couloirs qui rayonnent autour de lui, ce sont autant de centres commerciaux dont les entrepreneurs tirent gros profit. Par exemple, la morale trouverait à ce trafic une satisfaction moindre. Les maisons de jeu et les maisons de tolérance y sont en majorité.

Ces dernières constituent, du reste, une des nécessités de la vie chinoise. Ce n'est pas qu'elles soient, à proprement parler, des officines bien somptueuses. Des deux côtés d'un couloir bas et étroit s'allongent des séries de cabines aux portes grillagées. Le mobilier de ces chambrettes est fort sommaire, autant que la garde-robe des hétaïres qu'elles contiennent. Mais les femmes y couchent peu : le soir, une affluence d'amateurs se presse aux portes de l'établissement, et les plus offrants sont libres d'amener à leur propre domicile celles des pensionnaires dont les attraits les ont séduits. Les Européens eux-mêmes ne dédaignent pas de fréquenter ces sortes de maisons, presque toutes groupées, à Saïgon, derrière l'hôtel Wang-taï, dans la « rue des Fleurs ». Mais les installations de Cau-ong-Lanh font à celles-ci une concurrence sérieuse.

Les établissements de cette catégorie affluent principalement à Cho-Len. Des rues entières en sont peuplées. Il est à remarquer, toutefois, que nos résidents n'osent guère s'y hasarder. Les femmes chinoises n'aiment pas la fréquentation des blancs. Au fond, il en est de même pour les femmes annamites, bien qu'on rencontre fréquemment les unes et les autres au foyer de nos nationaux. Qu'on soit bien assuré qu'elles ne cèdent, le plus souvent, qu'à la coquetterie ou au besoin, presque jamais à l'affection. Les indigènes ont même une expression énergique pour traduire cette hostilité, si explicable de leur part. Quand une de leurs filles a cédé à un Européen, « Tu n'as pas de ventre ! »

est l'insulte qu'ils lui jettent à la face, voulant représenter ainsi que la femme qui s'allie aux conquérants est indigne de procréer sur le sol qui l'a vue naître. Du reste, ce ne sont, pour ainsi dire, que les *congaï* de la basse classe qui se laissent entraîner par de pareilles séductions, principalement celles des villages, plus misérables que celles des villes. Je ne parle pas, bien entendu, des jeunes filles achetées à leurs familles, d'après un autre honteux procédé.

En résumé, la démoralisation de la race chinoise est excessive. Elle n'ignore aucun des raffinements de la débauche. Par malheur, les résidents français se laissent trop facilement entraîner à l'imiter, ce qui n'est pas le moyen de relever notre colonie.

VIII

Une ville annamite : Mitho. — Mœurs des Annamites de la Cochinchine. — Le cercle de Go-Cong et ses insurrections.

On peut se rendre de Saïgon à Mitho par le service régulier des steamers qui desservent, chaque semaine, ces deux villes. On redescend alors le cours du Don-naï, on longe la côte dans la direction du S.-O., et l'on remonte le Cua-tien, le premier des cinq bras du delta formé par le Tien-Giang, ou bras supérieur du Grand-Fleuve. C'est la route généralement suivie.

Si l'on veut, au contraire, s'y rendre par terre, en touriste, on passe tout d'abord par Tan-an. Pour gagner de là Mitho, on n'a plus qu'à suivre dans toute sa longueur l'*Arroyo-de-la-Poste*, charmant et frais cours d'eau qui, comme tous ceux du même genre, a été, non pas entièrement creusé de main d'homme, mais seulement canalisé. Commencé depuis plus d'un siècle par les Annamites, il n'a guère été terminé par eux qu'il y a quarante ans, formant ainsi la dernière portion de cette belle voie commerciale qui relie Saïgon à Mitho par l'Arroyo-Chinois, le Benluc et le Rach-bobo.

L'aspect de l'Arroyo-de-la-Poste est peut-être plus agréable encore que celui de l'Arroyo-Chinois : la végétation y est plus luxuriante, la richesse du sol et des habitants plus apparente. On passerait de pleines heures à contempler les détails délicieux de ce cours d'eau, les feuillages si gracieux de l'aréquier, du palmier, du bananier qui se pressent sur ses bords, les admirables jeux de la lumière qui, sous les arcades de verdure, glisse et va se réfléchir çà et là sur quelque objet brillant. Si l'on voyage de nuit, c'est alors une illumination véritable, une féerie resplendissante de mille éclairs inouïs. Une innombrable foule de lucioles couvre les arbrisseaux des deux rives et, comme par un accord secret, projette simultanément ses feux scintillants. On ne peut se faire à l'avance une idée d'un pareil spectacle, encore embelli par le calme ordinaire des nuits tropicales.

L'arroyo vient se jeter dans le bras nord de Mitho, laissant cette ville sur la rive droite. Précisément en face, dans le Grand-Fleuve, se trouve l'île de Coulao-Rong, qui cache l'entrée du canal derrière un épais rideau de verdure.

Mitho serait, avec sa vieille citadelle et ses vastes magasins, la première ville commerciale de la Cochinchine si les navires venant du large pouvaient facilement pénétrer dans les bras du fleuve qui y conduisent. Malheureusement, il faut des conditions exceptionnelles pour que les bâtiments calant

Porte de la citadelle de Mitho.

plus de 5 mètres puissent franchir les bas-fonds de l'embouchure du Cua-tien et du Cua-day. Il faudrait alors gagner le Song-co-Kien et doubler Vinh-long, ce qui allongerait de moitié la route. Les jonques annamites et chinoises ont donc l'avantage assuré sur nos bâtiments européens : cependant, depuis quelques années, nous avons résolu le problème en construisant de légers bateaux à vapeur qui font le cabotage dans les diverses branches du Grand-Fleuve ; mais ces vapeurs ne sont qu'en petit nombre, bien que ce soit uniquement leur extension qui puisse nous donner la clef du commerce énorme d'exportation que peuvent fournir non seulement le Cambodge, mais aussi les provinces de Mitho et de Vinh-long. Dans toute la région, en effet, le riz est abondant et de qualité supérieure ; la canne à sucre, le coton, l'indigo y viennent promptement et à profusion : toutes les îles du fleuve sont habitées et cultivées avec soin ; les fruits et les légumes qu'elles produisent vont s'offrir au marché de Mitho, où ils forment l'objet d'un commerce important : enfin, le poisson des arroyos sert à fabriquer une immense quantité de *nuoc-mam*, poissons salés et séchés dont les indigènes font avec délices leur nourriture. Quant au Cambodge, il y envoie du nord les bois de ses forêts. La partie cultivée de la province de Mitho est donc, de toute la Cochinchine, celle qui réclame le moins de soins pour les progrès de l'agriculture, à part des débouchés plus faciles. Chaque petit coin de terre y est utilisé : les Annamites comprennent la richesse du sol qu'ils foulent sous leurs pieds. Par malheur, une immense étendue de pays dans la direction de l'est et du nord-est est presque toujours couverte d'eau, et ne produit rien : c'est ce qu'on appelle la *Plaine des Joncs*. Il faudrait de coûteux travaux de canalisation pour la rendre à la culture. Quelques *giongs* — îlots de terre sèche et sablonneuse — émergent à sa surface, qui pourraient facilement devenir de petits centres de travailleurs. Mais ce sont les bras qui manquent : l'homme fait défaut à la terre.

L'aspect de la ville de Mitho étonne le premier regard du voyageur. On ne s'habitue pas d'un seul coup au tableau étrange d'une cité annamite. Les indigènes de la basse Cochinchine sont fort arriérés sous le rapport de l'hygiène et du confortable. Cependant, depuis l'occupation française, les plus riches habitants commencent à construire des maisons à étages, à l'exemple des Chinois. Mais cette extension de l'architecture européenne est encore rare. L'immense majorité des Annamites se complait dans ses masures traditionnelles, toutes humides et sombres.

Ces demeures, à peine dignes du nom de maisons, sont en général, de simples hangars formés par la réunion d'un certain nombre de fermes en bois, portant une toiture de feuilles de palmier d'eau. La case est close par un treillis en lattes de palétuvier, percé seulement par devant et par derrière d'une porte à charnières qu'on soulève et qu'on soutient horizontalement pendant le jour au moyen d'un bâton, qu'on laisse retomber à la nuit. Les cloisons de l'intérieur sont, tout simplement, en nattes de paille; sur le sol nu et fait en aire, s'agitent et roulent pêle-mêle les enfants complètement à l'état de nature, des poules, des canards, des chiens, des porcs, tout cela vivant ensemble en excellente harmonie.

L'ameublement est aussi primitif que le logis : une grande table basse, placée devant la porte d'entrée, sert à la fois de lit de repos, de table à manger et de siège d'honneur pour les étrangers qui y trouvent, à toute heure, le bétel et le thé de l'hospitalité. Dans le fond de la maison se dresse n petit autel, dédié aux Ancêtres; çà et là de grands paniers en bambou ou en rotin tressé, des instruments aratoires, de vastes jarres d'eau. Dans les coins, un lit formé par un cadre de bois, recouvert de nattes et placé sur des tréteaux ; quelques tables boîteuses, un grand coffre de bois incrusté où l'on enferme les vêtements et la menue monnaie. Quant à l'or et à l'argent, ils sont enfouis dans quelque cachette secrète, connue seulement du chef de la famille.

Les habitations des riches, les pagodes, les maisons communes sont construites sur le même modèle : mais elles sont recouvertes en tuiles, avec des murs extérieurs en briques, un carrelage ou un plancher. Les colonnes des fermes sont en bois de fer, d'un beau noir luisant, supportant des charpentes richement sculptées. Les façades de devant et de derrière sont composées de panneaux aux cadres délicatement fouillés par le ciseau.

Les maisons élevées sur le bord de l'eau sont toujours construites sur pilotis. Elles n'ont, alors, rien à redouter des caprices du flot s'élevant et s'abaissant librement le long des perches qui les soutiennent, selon le jeu de la marée qui se fait ressentir fort loin. Elles communiquent entre elles par de longues et étroites poutres, que chaque propriétaire relève soigneusement aux approches de la nuit.

Il faut, du reste, s'étonner du soin avec lequel l'Annamite cache partout sa demeure. Les villes sont masquées par quelque île qui permet de barrer toutes les avenues ; les villages gisent au fond des arroyos, protégés par toutes sortes de détours et par les marées qui les laissent à sec pendant une partie de la journée ; enfin, les très rares maisons isolées se dissimulent dans un bouquet d'arbres touffus, et ne se relient au fleuve que par un petit canal particulier, dont l'entrée est invisible.

La base de l'alimentation des Annamites est le riz : mais,

comme tous ne peuvent s'en procurer une quantité suffisante, ils y suppléent par des légumes ou des fruits. Le nuoc-mam, malgré son insupportable odeur, la volaille, dont ils mangent les œufs pourris et couvés, le porc, qui est excellent, mais nourri d'une façon insuffisante, et la viande de chien sont des régals de haute liesse.

En général, la cuisine des indigènes est mauvaise, trop salée et excitante. De plus, les Annamites sont fort peu délicats sur le choix de leurs mets. Meurt-il un animal quelconque, et de quelque maladie que ce soit? Quelque soin que l'on prenne pour en dérober le cadavre aux yeux des habitants, il ne tarde pas à être découvert, déterré et dépecé par des gens affamés ou voraces qui en emportent des quartiers, abandonnant, non sans regret, les entrailles aux oiseaux de proie, lesquels viennent s'abattre sur le corps pour en arracher des lambeaux qu'ils disputent à l'homme. Ces agents ailés de la salubrité publique vont, du reste, vite en besogne, et bientôt il ne reste plus que des os dénudés.

L'Annamite a encore trouvé moyen d'aller plus loin dans l'horrible : il mange sa propre vermine!

Cette nourriture détestable entraîne souvent des désordres graves dans son organisme : fièvre, douleurs intestinales, dyssenterie. Pour combattre le mal, il emploie l'écorce du *haôfach* et celle du *cou-dèn*. La première guérit plus spécialement les coliques et la diarrhée; la seconde, plus particulièrement les fièvres. Voici de quelle façon il prépare ces deux remèdes. Il torréfie très légèrement la racine, puis, au moyen d'un morceau de poterie ou d'un autre corps rugueux, la râpe dans un peu d'infusion de thé, ce liquide servant en même temps à la détremper et à laver le corps sur lequel il frotte. La quantité d'infusion de thé qu'emploie l'indigène pour cette opération est d'environ 40 grammes. La quantité de racine dont il use l'écorce pour préparer une potion peut être évaluée, pour une racine un peu plus grosse que le pouce, à cinq centimètre de longueur. On peut répéter cette potion trois ou quatre fois dans la journée. La récolte de ces racines se fait de mai en novembre, c'est-à-dire aux époques où ces arbres ne produisent plus ni fleurs ni fruits. L'écorce du bas de la tige peut être également employée, mais elle est moins active que celle de la racine.

Les Annamites, de même que les Chinois, possèdent un certain nombre de recettes médicales efficaces. Il est, toutefois, malaisé d'en prendre connaissance, les indigènes, comme aussi les Asiatiques, tenant soigneusement leurs moindres secrets hors la portée de l'Européen.

Quelques détails sur les mœurs annamites.

Doux, sobres, hospitaliers, comme tous les peuples agricoles, les Annamites cachent sous les dehors d'une bonhomie naïve et souvent ironique une intelligence pénétrante et un bon sens plein de finesse. Mais ils sont dissimulés et menteurs. Leurs mœurs sont, de plus, fort relâchées. Ils sont enclins au vol, et d'un caractère rampant; à côté de cela, singulièrement industrieux.

Ils aiment avec passion les jeux, les combats de coqs, les paris, les représentations théâtrales, les cérémonies, la parade. Ils célèbrent les mariages, les naissances et les décès par toute une série de formalités extérieures minutieusement réglées d'après l'étiquette chinoise : les riches y trouvent occasion d'étaler les étoffes aux couleurs voyantes, les bronzes et les cuivres sculptés, les plateaux et tablettes de bois incrustés de nacre, les dessins sur papier ou sur verre, les porcelaines peintes, en un mot tout l'attirail de leur luxe puéril.

Les Annamites sont braves, quoique pacifiques, et fort

orgueilleux, quoique très humbles. Ils aiment beaucoup à faire parler d'eux, et, pour acquérir de la réputation, sont capables des plus belles actions comme aussi des plus grands crimes : c'est ainsi qu'on voit de riches notables consacrer leur fortune à élever des monuments, à exécuter des travaux qui perpétueront leur nom dans la mémoire du peuple, tandis que de hardis pirates arrivent par leur audace et leur cruauté à une renommée d'un autre genre.

Le respect de l'âge et des démarcations sociales est poussé chez eux jusqu'aux dernières limites et se traduit, au dehors, par les formes les plus exagérées de la politesse orientale. Pour saluer officiellement, l'inférieur s'agenouille les mains jointes et se prosterne en touchant du front le sol : il se relève et recommence son salut (*laï*) jusqu'à quatre fois, suivant le rang du supérieur. Les Européens de Cochinchine n'admettent point ce genre de respect, qui heurte leurs idées de libéralisme égalitaire : ils n'admettent de l'indigène que son salut en usage dans la vie privée, et qui consiste à se courber légèrement, les mains fermées et rapprochées l'une de l'autre ou bien encore portées au front. Je ne sais trop, toutefois, si notre prestige ne perd pas extrêmement à cette réformation civilisatrice. J'ai constaté maintes fois que les Administrateurs, qui exigent les salutations réglementaires traditionnelles, sont beaucoup plus respectés dans leurs inspections, que nos fonctionnaires civils ne le sont à Saïgon. Pour mon compte, j'ai toujours fait pratiquer, autant que je l'ai pu, aux Annamites que leurs affaires mettaient en rapport avec moi les formules voulues dans l'intégralité la plus stricte, et je m'en suis bien trouvé. Ajoutons encore ce dernier détail, que la politesse interdit d'appeler les gens par leur nom dans la conversation : quand l'interlocuteur possède un titre, on le lui donne ; quand il n'en a pas, ce qui est rare, on se sert de divers qualificatifs variant selon son âge et son rang.

Il est difficile d'évaluer au juste l'âge d'un Annamite, vu sa facon bizarre de compter le nombre de ses années. Dans quelque mois qu'un enfant vienne au monde, fût-ce le douzième, on lui compte un an en naissant, et l'on compte un an de plus à chaque renouvellement des deux années suivantes. Pour les grands, la méthode est autre encore. C'est ainsi que les Annamites donnent à leur empereur Tu-Duc trois années de plus que son âge réel : une autre a été ajoutée par sa mère, une par le Grand-Conseil de l'empire, la troisième par le peuple. En réalité, les trois quarts des indigènes ignorent absolument la date précise de leur naissance.

Cette race, en général, aime beaucoup les enfants. Je n'ai jamais entendu dire qu'un enfant annamite, pauvre ou malade, et même mal conformé, ait été abandonné par les siens, encore moins qu'on l'ait laissé ou fait périr.

Les femmes mariées travaillent beaucoup; sur elles reposent exclusivement tous les soins du ménage. Il n'est même pas rare de les voir travailler la terre, en compagnie de leurs maris. Dans les familles qui n'ont pas d'autre habitation que leur bateau, elles aident à la manœuvre. Leur intelligence est, du reste, de beaucoup inférieure à celle des hommes : elles n'ont, pour ainsi dire, que des appétits. C'est ce qui explique la facilité de leurs entraînements. Cependant, dans l'intérieur du pays, elles évitent la présence de l'étranger qui pénètre sous leur toit. Mais dans les villes, il en est bien autrement : aussi les mœurs y sont-elles encore plus relâchées.

J'ai dit que ces femmes ont la passion des bijoux. Elles en portent à la tête, au cou, aux bras, aux pieds ; ces bijoux sont, selon leur fortune, en or, en jade, en argent ou en verre. Le dessin est très pur, et celles qui s'en parent font preuve de goût en s'abstenant de ces amoncellements disgracieux qui nous choquent, par exemple, chez les femmes de l'Inde. Il y a, du reste, à Saïgon des bijoutiers chinois qui sont de véritables artistes, principalement pour la fabrication des colliers et des bracelets en métal précieux. Leur prix est, relativement, modéré. Il est à remarquer, toutefois, que les femmes annamites observent une sorte de progression dans l'ornementation de leurs personnes : leurs bracelets affectent des formes et une richesse différentes selon qu'elles sont nouvellement mariées, qu'elles ont eu un enfant ou qu'elles avancent en âge ; d'habitude, ils représentent un nombre déterminé d'animaux symboliques ou fantaisistes. Quant à leurs bagues, elles sont de trois formes : plates, à facettes ou à fleurs. Les Européens donnent habituellement à leurs *congaïs* des colliers à trois et à quatre rangs composés de boules d'or maintenues par une tresse flexible du même métal.

Les enfants vont absolument nus, sans distinction de sexe, jusqu'à l'âge de huit ou neuf ans. Leurs énormes petits ventres stupéfient, au premier aspect, le voyageur : le riz dont on les bourre produit ce résultat. Littéralement, leurs parents les engraissent comme ils font de leurs volailles et de leurs porcs : il paraît que cette difformité offre aux yeux indigènes un spectacle réjouissant ! Ils n'en sont ni moins gais, ni moins bien portants pour cela. Quant cette marmaille appartient à une famille aisée, on relève vaniteusement sa nudité par un gros ornement d'argent en forme de cœur, lequel recouvre les parties sexuelles : on le fixe à plat par des tresses qu'on attache autour des reins du bambin et entre ses jambes. Ajoutons que ces enfants ont la tête rasée, sauf quelques touffes éparses en certains endroits. Il est à remarquer que l'ovale de leur visage est toujours gracieux. Mais cette grâce disparaît avec l'âge : les pommettes s'élargissent, alors, plus qu'il ne faut ; il s'opère chez eux comme une transformation anatomique, et leurs traits, jusque là ouverts et enjoués, changent subitement d'expression.

Les mariages et les funérailles, étant considérés comme les plus importantes solennités de la vie, sont l'occasion de cérémonies exceptionnelles. Dans ces circonstances seules, les réglementations hiérarchiques s'effacent, les privilèges sociaux disparaissent : le populaire peut impunément se parer des longues robes, des couleurs brillantes, et des ingénieux dessins, voir même du somptueux parapluie que les mandarins se réservent. Le cortège du plus simple paysan fait respectueusement descendre de son cheval ou de sa litière le personnage du plus haut rang. Ce n'est point, du reste, mince affaire que d'observer les formalités dans leur stricte intégrité en de semblables cas. Je dois dire, cependant, qu'on les abrège quelque peu dans le voisinage des Européens. C'est ainsi que des six cérémonies réglementaires des fiançailles les Annamites n'en observent, d'habitude, que deux à Saïgon et aux environs. Serait-ce notre scepticisme et notre laisser-aller qui déteindraient progressivement sur les indigènes ? C'est probable. Je me souviens que j'eus, certain jour, la fantaisie d'assister à une fête analogue chez un riche indigène chrétien de Phu-mi, village délicieux situé sur la rive gauche de l'Arroyo-de-l'Avalanche au milieu d'une féerique végétation d'aréquiers, de palmiers et d'arbustes à fleurs. J'étais accompagné de deux de mes amis. Pour me faire honneur, le chef de la famille, vieux lettré à barbe grise, m'installa avec mes deux compagnons sur une grande table de bois noir, le plus beau meuble de sa maison, après nous avoir prodigué les flatteuses salutations du traditionnel répertoire. Le fiancé était déjà arrivé, escorté de ses parents et de ses proches. Après une longue harangue du père de la jeune fille, interrompu de *laïs* sans nombre, le jeune homme invita tous les assistants à le suivre dans sa case avec sa jeune femme pour assister au grand repas nuptial, lequel devait être terminé pour sept heures au plus tard, les Annamites ne mangeant jamais pendant la nuit. Quand la noce eut franchi son seuil, tout le monde fit cercle, laissant les fiancés isolés au milieu de l'appartement en face d'un improvisateur qui, d'après l'usage, dut célébrer en vers leurs vertus respectives, leur souhaiter la concorde et leur prédire bonheur et prospérité. On procéda, ensuite, à la cérémonie civile. Elle est des plus simples. Le *Xâ* se borne à enregistrer une affaire conclue depuis longtemps : l'acte est dressé et déposé devant les tablettes des Ancêtres. Nous le signâmes, mes amis et moi, puis nous nous retirâmes pour ne point troubler la joie du festin. Quand le banquet est terminé, chacun s'en va sur-le-champ. Il est, cependant, de bon goût, dans les familles d'un certain rang, que le nouvel époux ne fasse point preuve d'une ardeur trop excessive, et qu'il déclare aux parents de sa femme que la maison ne sera complètement préparée pour la recevoir que dans deux ou trois jours. Ceux-ci ramènent immédiatement l'épousée, qui ne prendra possession du logis conjugal qu'après ce délai terminé. C'est ainsi, paraît-il, que les choses se passèrent chez le formaliste lettré de Phu-mi.

Je n'ai point assisté aux cérémonies des fiançailles. Aussi en emprunterai-je le récit à M. Léopold Pallu, qui a pu les décrire.

« Le jeune homme, dit-il, choisit un intermédiaire qui
» prévient les parents de la jeune fille et fixe un jour et une
» heure. Au jour convenu, le jeune homme se rend chez les
» parents avec l'entremetteur et des témoins. L'un d'eux

» porte un plateau incrusté de nacre, sur lequel sont dis-
» posés des feuilles de bétel, de la noix d'areck, de la
» chaux, du cardamome et, dans un vase, une paire de
» boutons d'oreilles. Le tout est recouvert d'une pièce
» d'étoffe de soie rouge. Tout le monde est en robe de
» cérémonie. Le plateau est recouvert d'un parasol. Le
» jeune homme présente le bétel aux parents, aux témoins
» de la famille de la jeune fille : il n'offre rien à celle-ci.

» Le seconde cérémonie ressemble beaucoup à la pre-
» mière. Au jour dit, le fiancé, son intermédiaire et les
» témoins se rendent chez les parents de la jeune fille. Sur
» le plateau est une paire de bracelets, dont les dessins
» représentent huit animaux symboliques qui conviennent
» à son état. D'autres assistants portent sur des plateaux
» trois robes et un pantalon. Ces dons sont recouverts
» d'une étoffe rouge et abrités par un parasol. On offre,
» aussi, un cochon noir.

» Les fiançailles sont terminées. Quinze jours après, la
» noce se fait. »

Les funérailles offrent un autre genre de solennité, auquel j'avoue ne rien trouver d'imposant. Trop de cris, trop d'exagérations de douleur extérieure. Il y a, toutefois, dans ce spectacle quelque chose qui rappelle lointainement l'apparat des anciens Romains. Le cortège est précédé d'une troupe de musiciens, faisant un horrible tapage : des porteurs de torches les suivent. Après eux, une seconde troupe tenant des oriflammes et des banderoles, puis une troisième ornée de pancartes à l'éloge du défunt. Les images des Ancêtres viennent ensuite, entourées de serviteurs ou d'amis armés d'éclatants parasols. Toute cette escorte met bien dix minutes pour avancer de dix pas. Les hurlements des pleureuses à gages sont à peine couverts par le bruyant retentissement des tam-tams et des gongs. Les restes du défunt reposent dans une sorte de massif monument de bois, que trente ou quarante porteurs ont souvent grand'-peine à soutenir sur leurs épaules. Un bonze précède le cercueil : il règle, au moyen de signaux frappés sur deux petits bâtons, les divers détails de la pompe funèbre. Deux ou trois aides les répètent de place en place si l'assistance est nombreuse. De temps en temps, le bonze psalmodie à haute voix une prière, à laquelle succède, de nouveau, le vacarme des cuivres, l'aigre modulation des flûtes et les criardes lamentations des pleureuses. Celles-ci, vêtues de blanc, se tiennent derrière le cercueil, entourant la famille qui marche sous un dais. C'est dans ce grotesque équipage, qui ne m'a jamais semblé ni émouvant, ni décent, que le cortège, après avoir traversé toute la localité, se rend au cimetière. On dépose, enfin, le cadavre dans sa fosse, après quelques dernières paroles du bonze, et tout est dit. Les parents entretiendront quelques fleurs sur le tumulus en attendant qu'ils aient pu dresser un tombeau.

Un dernier mot relativement aux noms propres annamites.

Les noms de famille ont une importance excessive dans l'Annam. Chaque famille a le sien, qui lui est spécial et demeure la propriété exclusive de toutes les branches qui s'y rattachent. Nos synonymies européennes ne se reproduisent donc jamais dans ce pays, ce qui empêche heureusement certaines confusions désagréables. Par suite, à peine existe-t-il une cinquantaine de noms patronymiques depuis les bouches du Mé-Không jusqu'aux bouches du Song-Coï. A chacun de ces noms on en joint un second qui exprime, généralement, une qualité. Les fonctionnaires s'en appliquent souvent un, de signification purement abstraite, se rapportant à leur emploi ou à leur résidence. Dans ce dernier cas, il leur est permis de changer le nom de la localité où ils exercent : ayant pris son nom, ils lui en imposent un nouveau, qui devient dès lors officiel. Une pareille licence ne manque pas d'occasionner certains embarras, leurs successeurs pouvant fort bien imiter à leur tour ce vaniteux exemple. Les indigènes en sont quittes pour conserver l'ancienne dénomination du village dans leurs pratiques privées et dans leurs traditions. Au reste, un changement personnel de noms est sans importance dans l'Annam : il est, seulement, interdit de prendre ou de donner celui d'un parent ou d'un ami; ce serait un affront. Il n'est pas davantage permis de transmettre aux enfants celui d'un homme décédé depuis peu de temps, de crainte que ceux-ci, en se disputant ou en s'injuriant entre eux, ne le rendent méprisable par les qualifications inconscientes qu'ils pourraient lui appliquer. C'est là un respect quelque peu excessif : mais avouons que nous pourrions bien, nous autres Européens, l'imiter en certaines circonstances.

Quand l'empereur de Hué monte sur le trône, il perd son ancien nom et en interdit l'usage, en même temps que celui d'un certain nombre de caractères qui s'y rapportent. On ne peut s'en servir dans les ventes ni dans aucuns contrats de la vie civile. Un lettré qui les emploierait serait puni du bâton.

Revenons, maintenant, à Mitho et à ses environs.

La population de Mitho peut s'évaluer à 15,000 habitants, dont 4,000 chrétiens catholiques. Ce centre important a souffert de l'annexion de Vinh-long; les Chinois l'ont un peu déserté, et son développement s'arrête. Son sol est, d'ailleurs, vaseux et malsain : l'eau y est mauvaise.

La citadelle est une vaste enceinte construite par les Annamites, quadrangulaire et bastionnée. Les fossés qui l'entourent sont larges, remplis d'eau : les parapets ont un relief et une épaisseur considérables. Sur certains points, les marécages augmentent encore la force de ces défenses artificielles par une défense naturelle. Presque toutes les habitations des résidents Européens s'y trouvent renfermées. Une belle avenue de cocotiers y conduit. On y remarque le grand hôpital. Quant à la maison du commandant militaire, c'est une ancienne case transportée là et remontée à grands frais à l'époque où l'enthousiasme des premiers organisateurs de la conquête les poussait à tout admirer sans réserve et sans discernement chez nos nouveaux sujets, leurs institutions comme leur architecture.

Au milieu des cases qui se pressent sur les quais s'élève l'établissement prospère de la Sainte-Enfance. Les frères des Écoles chrétiennes y ont également un institut pour l'enseignement des jeunes indigènes. Ces deux entreprises sont très confortablement installées.

Il est bon de ne point quitter Mitho sans faire une excursion à la vieille ville, *Cho'con*, située sur la rive opposée du fleuve, à un quart d'heure de la citadelle et du centre européen. C'est un marché chinois et annamite qui prend tous les jours de l'extension, et devant lequel mouillent les jonques de mer. Près du village est une intéressante bonzerie. Les bonzes psalmodient chaque jour, au bruit cadencé du gong, les prières boudhiques, élèvent quelques enfants, et conservent les images dorées des personnages célèbres. La déesse du temple est la Vierge chinoise, reposant sur une fleur de lotus épanouie. L'île que l'on traverse en allant au vieux Mitho renferme aussi d'anciennes pagodes dans de magnifiques sites, des cases de pêcheurs, des fabriques de saumure.

C'est en s'éloignant de Mitho qu'on entre dans le Mé-Không. Rival des plus grands cours d'eau de l'Asie, ce fleuve s'étend à perte de vue, et ses eaux se confondent dans le lointain avec les nuages auquel un ardent soleil les réunit par un rideau de vapeurs transparentes. Il sépare, en cet endroit, les provinces de Dinh-Tuong des trois provinces de l'Ouest que nous avons acquises en dernier lieu. Il est couvert d'une multitude de barques, dont un grand nombre porte le pavillon français. Toutes n'ont pas le droit de l'arborer : mais elles le hissent en fraude, parce qu'il couvre la marchandise ; les Annamites français sont, en effet, dispensés de payer des droits à la douane cambodgienne en vertu du traité de protectorat. Il serait, pourtant, aisé de remédier à cette fâcheuse supercherie au moyen d'un laisser-passer délivré par l'administration française au patron de chaque barque : mais cette simple idée ne vient à personne. Ajoutons, comme ombre au tableau, que, malgré la largeur du fleuve, les moustiques y abondent la nuit et y sont particulièrement malfaisants.

Disons enfin quelques mots sur Go-Cong, petite localité située à quelques lieues à l'est de Mitho.

Cette ville est le chef-lieu d'un cercle situé sur les limites de la province de Gia-dinh, entre l'Arroyo-de-la-Poste, le Vaï-co, le Cua-tien et la mer. C'est, ainsi que je l'ai dit, une sorte de terre sainte pour les Annamites. Les ancêtres de Tu-Duc y sont nés, y sont ensevelis, et plus de trente familles étaient encore, en 1861, alliées dans ce district à l'empereur d'Annam. La pagode royale y est restée l'objet d'un culte particulier. Par une incompréhensible faiblesse de notre gouvernement colonial, son emplacement a été concédé au souverain de Hué à titre de propriété de famille. Il en a profité pour nous y susciter, jusqu'en 1872, des insurrections perpétuelles, grâce au concours de bonzes vagabonds qui venaient y prêcher librement la guerre sacrée. Aujourd'hui, cet état d'hostilité a disparu par suite de mesures énergiques, quoique tardives. Les parents de Tu-Duc ont presque tous émigré : au reste, l'influence des *Vin-teut* n'est plus à craindre. On donnait ce titre, qui signifie « Fils de mandarin », aux émissaires chargés de révolutionner le pays : il leur valait divers privilèges considérables, tels que le droit à toucher une pension de la cour et à devenir mandarin civil sans passer par les concours exigés.

Autour de Go-Cong s'étend l'une des plus fertiles plaines qu'on puisse voir. Du côté de la mer, dans le N.-E. et le S.-E. du district, ce ne sont que villages se suivant sans interruption, la plupart nés de ces anciennes fermes militaires appelées *Don-dien* au sujet desquelles nous allons revenir un peu plus bas. Un arroyo, le Rach-la, traverse cette plaine, allant du Cua-tien au Vaïco, qu'il réunit. Il arrose, à la distance de trois lieues de Go-Cong, une grosse bourgade nommée Tan-hoa. C'est un important marché de riz.

Pendant onze années consécutives, des troupes de pirates et de bandits ont sillonné cette région. Ils entretenaient le sentiment d'indépendance nationale chez les indigènes en leur persuadant que les Français ne tarderaient pas à abandonner l'Annam. De là ces soulèvements successifs, qui n'avaient d'autre but que de hâter le jour de la délivrance. Le souvenir de la récente évacuation de Tourane fortifiait ces espérances. Les habitants ont fini par comprendre qu'on les abusait.

J'ai déjà dit également que l'Annamite est foncièrement brave. Son état d'infériorité ne lassa jamais sa résistance. Que pouvait-il, pourtant, contre nous avec ses lances, ses mauvais fusils à pierre, ses fusées portatives, ses pièces de quatre qu'il manœuvrait à épaules d'homme, surtout avec ses généraux insuffisants? Si quelques énergiques chefs de partisans ont réussi quelque temps à contre-balancer notre succès dans une région restreinte, c'est qu'une lutte désespérée sur le sol natal prolonge les forces du vaincu en dépit du désavantage des armes. Il y a eu là un exemple de patriotisme que les peuples civilisés n'imitent pas toujours. Un morceau de *gan*, quelques verres de *sam-chou*, de solennelles imprécations contre eux-mêmes s'ils fuient devant l'envahisseur, cela seul suffit à relever le courage des Annamites après la défaite. M. Léopold Pallu leur prête même une superstition effrayante. « Quand l'un » d'eux est tué, raconte-t-il, ils lui ouvrent le ventre, lui » arrachent le cœur, et le dévorent encore palpitant. Alors » ils marchent ; rien ne peut les arrêter : ils ont du *gan* ! » J'ignore si ce fait, dont les traditions ne sont point parvenues jusqu'à moi, est exact : mais ce que je sais, c'est qu'ils font griller le cœur des tigres tués par les chasseurs des villages, qu'ils réduisent ce mets en poussière fine et le font ensuite avaler à leurs enfants pour les rendre inaccessibles à la peur. J'ai, plusieurs fois, été témoin de manipulations culinaires de ce genre.

Puisque je viens de nommer les Don-dien, je retracerai ici, en peu de mots, leur organisation. C'étaient des colons pauvres, auquel l'empereur de Hué accordait l'usufruit de certaines terres à la condition qu'ils s'exerceraient aux armes hors le temps des semailles et marcheraient avec l'armée en temps de guerre. Ils étaient armés de piques. Leur création datait de 1835. Le prince Tri-phuong les réorganisa en 1854, les divisant en *ap* (agrégations communales) de 30, de 50 et de 100 hommes par canton, commandés par des *doïs* relevant chacun du *tong* (chef civil du canton). On en forma ainsi plusieurs régiments, possédant chacun un petit canon et 10 soldats armés de fusils, sous les ordres d'un *quan-co* (colonel) et de plusieurs *ap-truongs* (capitaines). L'uniforme des soldats consistait en une blouse noire fendue par devant, un pantalon violet ou de couleur fauve : sur la tête, le *salacco*. Les chefs se ceignaient d'une écharpe noire ou violette, avec un écusson sur la poitrine. Le nombre des régiments de Don-dien était de 24 pour la basse Cochinchine, ainsi répartis : 7 dans la province de Gia-dinh, 6 dans celle de Mitho, 5 dans celle de Vinh-long, 4 dans celle de Bien-hoa, 2 dans celle de Chau-doc ; en tout, un effectif de 10,000 hommes. L'État leur accordait une somme de trois mille ligatures par groupes de 100 hommes pour s'acheter des outils, et de deux mille ligatures par chef pour pourvoir ceux-ci de buffles. Le voisinage de ces postes fortifiés était presque constamment, du reste, une source de conflits intolérables pour les autres localités.

L'amiral Charner essaya vainement de tirer parti des Don-dien à notre profit. Après avoir reçu leurs protestations de fidélité et avoir approuvé leur formation par décret en date du 19 mars 1861, il fut obligé de les dissoudre le 22 août suivant. Les uns émigrèrent à la suite de leurs chefs, les autres se firent inscrire au nombre de nos *matas*. Ce corps privilégié avait vécu ! Les émissaires de la cour de Hué n'ont jamais tenté de le réorganiser depuis cette époque.

D'habitude, les Annamites ne mutilent point les morts, à moins que, sous l'influence de prédicants fanatiques, ils n'obéissent à l'excitation d'une fureur passagère. Dans ce cas, ils tranchent la tête de leurs victimes. Mais ils réservent ordinairement ce traitement aux chefs, dans le seul but de faire constater aux soldats leur identité et d'affermir ainsi le courage des troupes. Cet acte même n'empêche pas certaines manifestations d'humanité. On assure que, en 1861, lorsque la tête du capitaine d'infanterie de marine

Barbet fut présentée au commandant de Ki-hoa sur son plateau à bétel, ce mandarin laissa échapper quelques paroles de regret, ne pouvant s'empêcher de rendre hommage aux forces athlétiques et au courage du vaillant officier européen que tous ses hommnes connaissaient. De pareils traits se sont renouvelés plusieurs fois. Nous n'hésitons pas à les noter, parce qu'ils font honneur aux vaincus.

Par malheur, à côté de ces démonstrations, qui témoignent d'une civilisation réelle, il faut placer d'autres épisodes véritablement horribles. Je citerai pour exemple un fait relatif à la dernière révolte de 1872. Le lieutenant Santerre fut surpris, avec 25 de ses hommes, par 1,500 Annamites aux environs d'une bourgade nommée Kienphùoc. Les malheureux, épuisés par la marche et par une chaleur torride, se reposaient à l'ombre d'un petit bois. Les sentinelles elles-mêmes avaient cédé au sommeil. Un seul homme fut épargné, afin qu'il pût raconter ce massacre, que les Annamites jugèrent propre à nous épouvanter. Les 24 autres soldats eurent la tête tranchée. Quant à l'officier français, garotté sans avoir reçu de blessures, son supplice fut épouvantable. Après l'avoir dépouillé de ses vêtements, les insurgés lui attachèrent solidement les quatre membres à quatre pieux, puis lui ouvrirent le ventre. Ils lui enlevèrent ensuite les intestins qu'ils déposèrent à côté sur le sol, mais en ayant grand soin d'éviter toute section ou même toute piqûre mortelle. Enfin, ils l'enduisirent tout vif de miel sauvage. L'infortunée victime vécut ainsi pendant plusieurs heures. Quand les troupes françaises, prévenues par le survivant, accoururent sur les lieux, le cadavre pantelait encore. Inutile de décrire l'indicible exaspération de nos hommes ! Les villages voisins furent incendiés par représailles, et leur population passée au fil de l'épée, sans distinction d'âge ni de sexe. C'est là, du reste, le seul exemple que j'aie connu d'une férocité aussi barbare.

IX

Religion des Annamites; culte des Ancêtres. Plaine des Tombeaux.

La religion officielle des Annamites est le boudhisme, apporté de Ceylan dans l'Indo-Chine vers le milieu du ve siècle de notre ère. Cependant, la doctrine de Confucius a réussi à rallier quelques adhérents dans les environs de Bien-hoa. Mais les bonzes sont tombés partout, sans exception, dans l'ignorance la plus honteuse : aussi vivent-ils généralement méprisés, et c'est justice.

En réalité, l'Annamite est profondément sceptique. Il importe de se bien convaincre, en dépit de certaines pratiques superstitieuses auxquelles il obéit inconsciemment, qu'il n'a qu'une unique croyance et qu'une seule foi : son véritable culte est celui des *Ancêtres*, dont les mânes veillent sur sa famille et la protègent. On ne peut nier que ce soit une idée touchante. Je crois, pourtant, qu'il entre dans cette pieuse vénération autant de frayeur que de respect : l'Annamite redoute surtout la vengeance de ceux qui ne sont plus.

D'après la croyance populaire, les âmes peuplent l'espace à l'état d'esprits : elles choisissent de préférence pour asile les sites verdoyants et ombragés, ce qui ne les empêche pas de visiter, de temps à autre, le toit qui abrite leurs proches. La mort ne les affranchit pas complètement des besoins de l'existence terrestre : elles éprouvent encore, dans le monde immatériel où elles flottent, les angoisses de la faim. Elles viennent donc goûter aux mets qu'on leur offre à des époques déterminées, et ont même pour agréables les offrandes d'or et d'argent qui se font en brûlant des papiers recouverts d'une mince couche de ces métaux. Dans la plupart des maisons, la place d'honneur est occupée par un petit autel orné de l'image de Boudha et dédié aux Ancêtres.

Le renouvellement de l'année est célébré par une grande fête dont les morts sont l'unique objet, le *Têt*. Pendant quatre jours, les travaux et les affaires cessent, on ne va même plus au marché : les familles réunissent tous leurs membres pour aller, en grande pompe, dégager des herbes envahissantes les tombes, qu'on pare de fleurs, et pour célébrer d'abondants festins, où la joie se mêle au recueillement.

La mémoire des Ancêtres est sacrée : la plus grande insulte qu'on puisse jeter à quelqu'un, c'est une malédiction sur ses Ancêtres. La loi annamite punit ce blasphème rigoureusement.

Le *Hoang-Viet-Luat-Lé* édicte longuement toute une échelle de peines encourues pour le crime de violation de sépulture.

Cent coups de bâton, l'exil et une amende de 3,000 *lis* pour quiconque enlèvera la terre pour regarder le cercueil, et la strangulation si le coupable l'ouvre pour regarder le cadavre.

Soixante coups de bâton et une amende variant de 1 à 15 *taëls* pour celui qui dérobe une brique ou une pierre à une tombe.

La décapitation pour celui qui met au jour le cadavre d'un de ses parents plus âgés que lui, ou pour quiconque enlève un cercueil de sa place afin de vendre le terrain de sa sépulture à une autre personne.

Cent coups de bâton et trois ans de fers pour le parent plus âgé qui viole la sépulture d'un parent plus jeune, ou qui met son cadavre au jour.

Quatre-vingts coups de bâton si, en creusant la terre, on découvre un cercueil et qu'on ne s'empresse pas de le recouvrir.

Cent coups de bâton, l'exil et une amende de 3,000 lis pour quiconque brûle, mutile ou jette à l'eau un cadavre ou bien son cercueil non encore mis en terre.

La décapitation, dans le cas précédent, si le coupable est un parent plus jeune, l'exil s'il est plus âgé.

Quatre-vingt coups de bâton et deux ans de fers pour brûler, par mégarde, un cercueil en enfumant un renard dont la tanière est dans une tombe : la strangulation si le cadavre ainsi brûlé est celui du père ou de l'aïeul.

Cent coups de bâton et les frais de réparation pour dégrader le jardin d'une sépulture.

De quatre-vingt à cent coups de bâton pour le maire d'un village qui ne prévient pas le mandarin si quelqu'un meurt dans sa commune, et un an de fers en plus si le corps a été détruit d'une façon quelconque.

On conçoit que, la législation aidant, le culte des morts ait persisté chez les populations de l'Annam dans sa plus entière intégrité. Il fallut, au début de la conquête, afin de rassurer les Annamites sur ce point délicat, que l'amiral Bonnard fît publier en tous lieux, avec l'apparat convenable, que les Français avaient le culte des Ancêtres tout autant en vénération que les vaincus eux-mêmes.

Il n'est personne qui, venu un seul jour à Saïgon, n'ait au moins entendu parler de cette immense nécropole désignée sous le nom de *Plaine des Tombeaux*. Elle s'étend, sur la droite de la route stratégique, depuis Saïgon jusqu'à Cho-len et, traversée en son milieu par le chemin de Tong-kéou, atteint dans sa direction opposée jusqu'aux lignes de Ki-hoa, formant ainsi une superficie de plusieurs lieues carrées. De petites pyramides à base carrée ou hexagonales, des pagodes en miniature avec portes cintrées et dragons en pierre, des tumuli quadrangulaires, un terrain aride, poudreux, n'offrant que des herbes grêles et de rares bouquets d'arbres rabougris, tel est l'aspect de cette plaine fameuse ; aspect singulièrement saisissant cependant quand, après avoir admiré la luxuriante végétation de l'Arroyo-Chinois, les *brousses* touffues et les jardins ombreux de la ville, on se trouve soudain transporté au milieu de cette multitude innombrable de sépulcres, vaste cimetière des jours passés, où sont venues échouer les ambitions des grands, les voluptés des riches, la misère des humbles, misères, ambitions, voluptés aujourd'hui confondues pêle-mêle dans une poussière commune. Cette nécropole est, toutefois, la seule de la Cochinchine. Partout ailleurs, les Annamites enterrent leurs morts au hasard du moment, dans un champ, dans un bois, sur les flancs d'une colline, non par indifférence certes, mais par amour de la nature et de la liberté, cachant ainsi leurs tombes dans les lieux écartés comme pour y chercher un dernier refuge contre la tyrannie qui les opprima toujours.

Il serait possible, du reste, que les Annamites du Gia-dinh aient emprunté l'idée de sépultures groupées dans un espace commun à leurs voisins les Chinois, dont cet usage est l'habitude. C'est ainsi qu'autour de la ville de Cho-len, et à perte de vue, les tombeaux chinois se pressent, renfermant un peuple cent fois plus nombreux que la population vivante. On remarque une grande uniformité dans leur architecture funéraire : j'en ai expliqué précédemment le motif. De petits portiques en marbre gris ou bleuâtre, sinon une simple plaque, le plus souvent rectangulaire et encastrée dans le sol, le tout supporté par un tertre arrondi, telles sont les formes adoptées. Les dimensions seules varient suivant l'importance ou la fortune du mort. Quelquefois, cependant, un vaste enclos peuplé de statues, décoré de colonnes, et dans lequel une porte monumentale donne accès, sépare le cadavre d'un mandarin des squelettes vulgaires : mais on retrouve le plus souvent, même pour les heureux et les grands, les tables de marbre couvertes d'inscriptions. Au reste, ces prétentieux mausolés se perdent dans l'immensité de l'ensemble ; de loin en loin, des colonnes attirent seules les yeux. Cette égalité de la tombe doit attrister les âmes vaniteuses au milieu des sphères éthérées où elles circulent à l'infini. Pas un arbre, pas de fleurs, pas de verdure ; rien que des tombeaux, où miroite le marbre que le soleil frappe. Ce champ de mort n'a d'autres limites que l'horizon. On se croirait transporté dans quelque nécropole du désert lybique.

Le clergé français s'est résigné à ne point froisser un culte dont les antiques racines sont inébranlables. La prudence lui faisait une loi de cette tolérance, à laquelle s'associe, du reste, l'administration militaire et civile.

X

De l'opium et des jeux.

L'Annamite est rongé par deux vices invétérés, dont rien ne le corrige : l'opium et le jeu. L'administration française a su tirer profit pour son budget de ces deux passions dégradantes ; elle en a affermé le rendement. Il serait temps, ce me semble, de faire cesser complétement ces monopoles honteux, que les heures de trouble de la conquête ont pu nécessiter un instant, qui ne peuvent être plus longuement maintenus aujourd'hui sans porter une grave atteinte à la moralité du pays et à la dignité de notre domination.

On a prétendu que, l'habitude de fumer l'opium étant trop invétérée pour qu'aucun moyen répressif fût efficace à en arrêter le progrès, il valait mieux bénéficier de cette tendance, en la grevant de forts impôts, que de s'efforcer de la combattre inutilement : raisonnement qui constitue un de ces lâches compromis dont ne se lavent jamais les consciences de ceux qui le font et qui l'exploitent. D'ailleurs, peut-on nier, honnêtement, la possibilité du bien quand on n'a pas tenté de l'accomplir ? Il faudrait, auparavant, qu'une expérience décisive eût donné raison à cette excuse commode. Ce qu'il y a de certain, c'est que l'opium, prohibé sous le régime annamite et introduit furtivement alors en contrebande pour le seul usage des Chinois et de quelques riches indigènes, s'est répandu aujourd'hui jusque dans la population ouvrière, où sa consommation augmente tous les jours. En 1865, les *deux* fermes de l'opium et des jeux ne figuraient, *en bloc*, au budget que pour une somme de 1,100,000 francs, sous le nom de contributions indirectes. En 1867, la ferme d'opium *seule* était affermée au prix de un million 536,000 francs; en 1869, au prix de un million 800,000 francs; pour l'année 1874, elle était adjugée au prix de deux millions 800,000 francs. Depuis cette date, elle a encore progressé. De tels chiffres ont leur éloquence. Notre facilité a donc aggravé le mal, et j'admets, si l'on attend davantage, que cette faute devienne irrémédiable. On peut encore aviser, cependant. Nous n'avons pas même l'excuse qu'avait l'Angleterre, en 1840, de vouloir ouvrir un débouché à l'industrie nationale. L'opium n'est autre, en effet, que le suc d'un pavot de l'Inde, et c'est le commerce anglais qui bénéficie seul de son importation sur un sol français. De plus, après avoir montré une si grande et si légitime indignation contre la conduite des Anglais envers la Chine, sied-t-il à la France de se donner quotidiennement à Saïgon un démenti flagrant en faisant — et non pas inconsidérément — ce qu'elle a tant blamé chez les autres ?

C'est à une Compagnie de banquiers chinois que nous avons affermé la vente de l'opium. Ils profitent du privilège qui leur assure ce monopole pour faire une scandaleuse fortune aux dépens d'un peuple que nous avons légalement annexé à nous, et pour l'accabler de vexations multipliées. Je ne parle ici que pour mémoire de tous les inconvénients qu'entraîne l'exploitation d'une branche de commerce monopolisée entre les mains d'un seul individu, surtout quand cet individu est un Asiatique ! N'est-il pas étrange de voir des Chinois faire eux-mêmes et seuls la douane relativement à cette denrée si chère sur un territoire français ? N'est-il pas odieux qu'on leur octroie le droit de perquisitionner en tous lieux, à toute heure de la nuit et du jour. même dans la maison d'un Européen ? N'est-il pas abusif, enfin, de leur laisser, sous prétexte de réprimer la contrebande et d'effrayer des pirates de fantaisie, sillonner nos fleuves et nos canaux de leurs nombreuses flottilles armées en guerre ? S'il faut que la colonie subisse cet incroyable despotisme financier, pourquoi n'en pas octroyer l'exercice à quelqu'un de nos nationaux ? Notre administration préserverait du moins, de la sorte, la race conquérante des avanies soigneusement étudiées que lui ménage trop souvent la sournoise duplicité des « Célestes ». Mais on repousse systématiquement les adjudications des Européens ! A la fin de 1873, j'ai encore vu écarter la surenchère de deux négociants français ! De là des manœuvres sans nom pour l'exercice privilégié d'un pareil droit : dénonciations que le fermier paye au grand jour, actes coupables auxquels se portent des misérables excités par l'appât de la récompense promise, perquisitions et confiscations trop souvent injustes en vue de sauvegarder des bénéfices dont le droit exclusif et légal a été si chèrement acheté. Ce que je déplore encore avant tout, c'est que notre administration soit contrainte d'y prêter les mains. Les trois millions que rapporte actuellement ce fermage ne sauraient payer la dignité perdue par cette coopération, et, à mal égal, mieux vaudrait admettre la liberté absolue du commerce de l'opium que de subir un aussi coûteux monopole ! Par malheur, la Cochinchine, grâce aux dépenses exagérées que l'on a effectuées depuis 1870, s'est trouvée obérée démesurément, et l'on y a fait argent de tout. D'où provenait ce déficit ? Où aboutira un pareil abaissement ?

Un mot sur l'opium, quoique cet ingrédient soit maintenant fort connu en France, aussi bien que l'appareil qu'il nécessite. On expédie le pavot à l'état brut dans les lieux de consommation ; c'est là qu'on le transforme en *chaudoo* en le faisant dissoudre dans l'eau bouillante et en y faisant infuser du tabac ou des plantes aromatiques ; l'opium passe ainsi à l'état d'une pâte très molle. On l'envoie alors des bouilleries, sous forme de petites boules, dans les débits et dans les fumeries. C'est dans cet état qu'on le fume.

La pipe à opium se compose d'un tuyau cylindrique, variant de 30 à 80 centimètres de longueur et fermé à l'une de ses extrémités. Aux deux tiers du tube, qui est en bois plus ou moins riche, se visse un fourneau en terre vernie ayant la forme d'une poire renversée : la surface évasée est munie d'une petite ouverture en son milieu. Au moyen d'une longue aiguille terminée d'un côté en spatule, le fumeur prend sa boule d'opium, la pétrit et la roule à nouveau, puis l'enflamme à la lumière d'une lampe et la dépose sur l'orifice étroit du fourneau. La pointe de l'aiguille ménage le passage constant de l'air. En une minute, après quelques aspirations, la boule est absorbée. On continue alors jusqu'à ce que l'ivresse arrive. Le fumeur a, dans ce cas, besoin d'un aide : les fumeries réservent à cet emploi de jeunes femmes, dont la présence augmentera les énervantes illusions du malheureux.

On reconnaît le fumeur d'opium à son teint mat, à ses joues creuses, à ses yeux hagards, à son corps décharné, à sa démarche incertaine. Constamment ivre de ce poison, il n'est plus, en réalité, qu'une masse inerte. Les menaces le trouvent indifférent ; les coups même ne sauraient l'arracher à son engourdissement. Jamais pays ne connut un fléau plus terrible que celui-là. L'alcool et le choléra ne peuvent lui être comparés. Il exerce pourtant, sur tous un attrait invincible : le plus misérable mendiant fumera avant de songer à manger. L'habitude une fois prise, on devient fatalement son esclave et sa proie. Il n'est point de remède à cette tentation maudite, à laquelle on succombe toujours.

L'énergie est morte, et le fumeur d'opium est incapable de braver les souffrances qu'entraînerait pour lui la privation de sa pipe. La vigueur morale a disparu chez lui bien avant la force physique.

De pareils ravages, qui se généralisent de plus en plus, sont, pourtant, connus de notre administration : mais l'intérêt du fisc a passé avant tout autre genre de considération.

Quant à l'institution des Fermes des jeux (*Bacoins*), elle n'est guère plus honorable que la précédente, et ne présente pas moins d'inconvénients. Elle est également, du reste, d'origine française, le code annamite prohibant sévèrement toute réunion de joueurs. Que ces lois fussent observées, je ne prétends le dire : mais je constate que le législateur indigène, reconnaissant la gravité et l'importance du mal, avait réagi contre lui. Nous sommes tombés plus bas que ce légiste barbare ! Il est certain que, profondément implanté dans les mœurs de la population, le jeu est un véritable fléau pour toutes les classes, pour tous les âges : l'Annamite joue le salaire de chaque jour, et jusqu'à ses vêtements. Ce qui est non moins certain, c'est que ce ne sera qu'en essayant de déraciner cette passion furieuse du hasard que nous pourrons introduire les habitudes du travail, si nécessaires pour tirer parti de cette population qui vit au jour le jour des ressources trop faciles qu'offre le pays, que nous obtiendrons d'elle l'amélioration et le développement des cultures, que nous la rendrons prévoyante et sage, que nous créerons chez elle des besoins autres que les fatales émotions d'une table de jeu. On ne saurait imaginer à quel degré de gravité atteignent les désordres qui se manifestent dans les maisons légalement autorisées, et quelles causes de trouble l'existence officielle de ces repaires constitue au milieu d'un centre de population.

Bien souvent il arrive que les notables des villages, chargés de l'impôt de la communauté, aillent risquer dans une maison de jeu le dépôt confié à leur probité. D'autres fois, ce sont d'épouvantables rixes qui y surgissent, dans lesquelles mort d'homme s'ensuit. On a même vu des villages limitrophes en venir aux mains pour des querelles de joueurs. Mais le système rapporte de l'argent, et nous fermons les yeux sur les conséquences déplorables qu'il entraîne.

J'ai eu, à plusieurs reprises, la curiosité d'assister à des réunions de joueurs indigènes. Ma présence ne dérangeait en rien leurs combinaisons. Aucune scène n'est plus animée que la vue de ces figures bronzées, les yeux ardents, fixés avec angoisse sur les enjeux qui disparaissent à chaque coup du sort. Bien qu'il soit défendu de jouer autre chose que de la monnaie, on n'en tient compte; les bijoux, les vêtements, les titres de propriété, tout est jeté dans le gouffre. Quelques énergumènes engagent leurs femmes, leurs enfants, leurs familles, et ce genre de mise trouve toujours un ou plusieurs preneurs.

Pour parer à ces honteux désordres, le gouvernement colonial supprima, en 1865, les maisons de jeu dans les provinces. Pourquoi pas, du même coup, dans la capitale? Se faisait-il illusion sur la portée morale de ces déplorables incidents? Non, car le *Courrier de Saïgon*, journal officiel de la colonie, disait alors: « La suppression des maisons de » jeu dans l'intérieur est un véritable *bienfait* pour le » pays. Sans tenir compte de *l'action démoralisatrice et* » *dissolvante de ces établissements*, nous avions beaucoup » à nous plaindre de leur *influence pernicieuse au point* » *de vue des intérêts matériels des particuliers et de* » *l'État.* »

On pouvait espérer, par suite, que l'administration

locale, comprenant enfin le mal que faisait au pays cette passion qu'elle y avait implantée et patronnée, avait l'intention d'arriver progressivement à la suppression complète des maisons de jeu, et que leur maintien à Saïgon et à Cho-len n'était motivé que temporairement, par suite d'impérieux besoins fiscaux. On se trompait. Quelques années plus tard, les maisons de jeu étaient rétablies dans les provinces. Il fallait de l'argent à tout prix. C'est ainsi que j'ai pu voir les bacoins se multiplier florissants dans les moindres villages.

Le jeu a donc repris avec plus d'ardeur. Saïgon s'est couvert d'élégantes maisons construites à l'européenne, où l'on sert aux joueurs des consommations et des cigares gratis. Leurs écriteaux, éclairés la nuit, s'étalent partout, et l'étranger qui débarque à Saïgon peut facilement les compter : il y en a dans toutes les rues. A côté, d'innombrables tripots de bas étage rassemblent les ouvriers et les coolies, objets des paternelles bontés d'un gouvernement qui comprend les « distractions » et le « plaisir ». Il n'y a pas d'affaires, on joue : sous ce rapport, Saïgon n'a de rivale dans ces mers que Macao. Les prisons se peuplent, les vols se multiplient, les travaux sont désertés, le commerce décline, qu'importe ? On joue, et le jeu rapporte au fisc.

M. le contre-amiral Dupré avait, cependant, semblé se préoccuper de cet état de choses. A la fin de 1873, la suppression des maisons de province était, de nouveau, décidée ; mais on les conserverait toujours à Saïgon et à Cholen, vu les pressants besoins du Trésor, que ce gouverneur avait encore appauvri.

Aujourd'hui, sous le nouveau gouvernement civil, ne peut-on rompre totalement avec le passé ? Il y aura, allègue-t-on, des maisons clandestines. Soit ; mais le pouvoir est armé de lois répressives. Serait-ce donc seulement con-

Pagode annamite.

tre les joueurs qu'il n'oserait en user? Il faudrait, je le reconnais, sévir contre nos nationaux, même contre certains de nos employés ou fonctionnaires. Après? Préfère-t-on couvrir indéfiniment du patronage de l'État un vice dont les proportions sont scandaleuses? On objecte encore les intérêts du Trésor. Oui, c'est bien là la grande affaire! Mais les fortes amendes dont on frapperait les trop nombreux et perpétuels contrevenants ne seraient-elles point une suffisante compensation à la disparition nécessaire de cette branche malsaine de revenus publics?

Il est question, actuellement, d'interdire l'entrée de ces sortes de maisons aux Européens. C'est encore là une demi-mesure qui ne satisfera pas l'opinion. La réforme doit être radicale, ou rien de bon n'en résultera.

XI

De l'ancienne administration indigène.

L'ancienne organisation de la société annamite est curieuse à étudier.

Au sommet, un souverain absolu, dont le pouvoir n'était tempéré que par l'influence des grands dignitaires du royaume; influence qui s'affaiblissait et devenait nulle lorsque l'autorité royale était exercée par un homme à la volonté énergique et aux grandes conceptions.

Au-dessous de ce pouvoir royal, et lui venant en aide, une administration très puissamment organisée — le *mandarinat* — extrêmement centralisée, qui s'exerçait par un ensemble de fonctionnaires, lesquels se recrutaient dans les entrailles mêmes du peuple et avaient tous reçu une instruction en quelque sorte officielle; car le mandarinat était accessible à tous, sans distinction aucune, à la seule condition d'avoir obtenu certains grades universitaires.

Au bas de l'échelle sociale, le peuple annamite tout entier, subdivisé en une multitude de communes, toutes à peu près indépendantes du pouvoir central et n'ayant de rapport avec lui qu'en ce qui touche le payement des impôts, le recrutement militaire, l'exécution des corvées. Ces privilèges de la commune annamite étaient d'une importance extrême pour le peuple : il y tenait d'autant plus qu'il comprenait que c'était par eux qu'il échappait au despotisme qui pesait sur lui. Aussi toute la vie publique des habitants était-elle concentrée dans le village.

La commune, dans l'Annam, jouait donc précisément le même rôle qu'elle joua en France, pendant le moyen âge, vis-à-vis de la féodalité.

Ainsi, deux éléments d'administration : le mandarinat, la commune. Quand ces deux rouages se rapprochaient et s'engrenaient l'un dans l'autre, il en résultait un grand bien pour le peuple, dont les intérêts étaient alors consultés, reconnus, sauvegardés.

Un mot donc sur chacun.

Et, d'abord, le mandarinat.

Sous le gouvernement annamite, le chef-lieu des provinces était occupé par trois mandarins civils de haut rang.

En premier lieu, le *Quan-tông Dôc*, qui était le chef militaire, administratif et judiciaire de la province, mais qui, le plus souvent, étendait ses pouvoirs et sa juridiction sur deux et même sur trois simultanément.

Venaient ensuite, en sous-ordre :

Le *Quan-bô*, qui centralisait toute l'administration de la province et connaissait, sauf recours au grand mandarin, de toutes les affaires contentieuses administratives.

Le *Quan-ân*, ou mandarin de justice, qui occupait le troisième rang et remplissait, auprès du grand mandarin de la province, des fonctions ayant quelque analogie avec celles de nos juges d'instruction, tout en connaissant du contentieux civil.

Ces grands mandarins provinciaux appartenaient tous les trois à l'ordre civil. A côté d'eux, mais dans une position très secondaire, très effacée, se tenait le chef militaire de la province appelé, en langue annamite, *Lâh-binh*. Ce fonctionnaire était subordonné aux trois grands mandarins de la province; c'est à lui qu'incombaient les missions de peu d'importance ou désagréables, c'est lui qui devait courir sus aux voleurs et aux pirates. Il s'acquittait fort mal de cette partie de ses attributions.

C'est, du reste, un signe des mœurs de l'extrême Orient que le discrédit dans lequel sont tenues les personnes et les choses qui tiennent à la guerre ou au militarisme. En Cochinchine, il était rare qu'un chef militaire eût acquis ses grades universitaires : son instruction spéciale n'allait guère au delà de quelques exercices gymnastiques. En revanche, étant souvent aux prises avec les bandits, il était fin et rusé comme eux.

Passons à la commune.

Je crois que nous n'avons pas bien compris les conséquences naturelles de l'organisation communale annamite.

J'ai dit que le peuple n'avait de rapports avec le pouvoir central qu'en ce qui concernait le payement des impôts, l'exécution des corvées et le recrutement militaire.

J'ai fait connaître précédemment sur quelles bases reposait l'organisation de la milice indigène. Quant aux corvées, grâce auxquelles le gouvernement d'alors a pu faire exécuter de grands et de magnifiques travaux, tels que citadelles, routes et canaux, nous n'avons eu qu'à conserver, en le régularisant, cet impôt du corps consacré par l'usage et aisément payé par la population, qui est la première à en bénéficier.

Je ne veux faire ici de remarque qu'au sujet de l'impôt proprement dit. Sous le gouvernement annamite, il se payait partie en argent et partie en nature : les provinces du Nord, en effet, ne produisant pas assez de riz pour nourrir leur population, l'administration tirait, chaque année, des provinces de la basse Cochinchine, le riz qui faisait défaut aux besoins des sujets des autres parties de l'empire. Dans chaque province, le *Quan-bố* était chargé de la direction générale de l'impôt : c'était entre les mains de ses employés que les maires (*Ong-xâ*) de toutes les communes de la province venaient verser leur impôt. Les mandarins de l'arrondissement (*Phù* et *Huyện*) étaient chargés d'en surveiller la rentrée.

Avec un personnel spécial restreint et un petit nombre de magasins, le service de l'impôt se trouvait ainsi assuré. Mais ce système, avantageux pour l'État, était onéreux pour les communes, surtout pour les plus éloignées du chef-lieu de la province. En effet, leurs maires étaient obligés d'aller plusieurs fois par an porter les acomptes de l'impôt par des voies lentes et peu sûres, ce qui entraînait de grosses dépenses pour la communauté et la gênait dans ses intérêts locaux : de plus, ce mode de perception interdisait aux contribuables tout rapport direct avec le Trésor, autre source possible d'exactions et d'abus dont le peuple supportait le poids. Nous avons dû y aviser : c'était justice.

Ce qui est moins juste, c'est que nous ayons vu un abus

excessif dans des actes de perception communale, émanant de l'initiative privée du village, alors que ces actes n'étaient que l'usage régulier d'un droit appartenant à la commune. On a voulu remédier, sans réflexion, à ces abus prétendus. Ne devions-nous pas, au contraire, pour être équitables et conséquents avec nos propres déclarations, respecter les franchises municipales des indigènes? Héritiers, par droit de conquête, du pouvoir royal et de la centralisation administrative, n'étions-nous pas astreints à ménager, comme l'avait fait le pouvoir déchu, ce qui leur faisait un contrepoids nécessaire? Nous n'avons pas compris que nous nous exposions à perdre ainsi les sympathies du peuple tout entier. Il serait bon, en effet, de ne pas rêver, par excès de chauvinisme, le plus parfait des mondes. Dans le cas en question, ne nous suffisait-il donc pas, pour empêcher de graves abus, d'attendre les plaintes des populations? Pourquoi nous ingérer dans la comptabilité des villages, quand personne ne réclamait?

On se trompe encore en comparant le maire d'une commune annamite au maire d'une commune française, lequel est bien réellement la première autorité de la communauté. Il peut arriver, au contraire, que l'*Ong-xâ* n'appartienne même pas au conseil des notables (*Hu'ong*) du village (*Long*), et même qu'il y occupe un rang inférieur : ce n'est, après tout, qu'un délégué du pouvoir central. Présenté par le village, il recevait l'investiture du grand mandarin de la province : dès lors, il exerçait, assurément, une action réelle sur la commune ; mais l'autorité qu'il déployait ne lui venait nullement de ses pouvoirs municipaux, il la tirait tout entière de son titre de délégué du pouvoir central.

Tel était le vrai caractère, telles aussi étaient les franchises de la commune annamite. Le respect des grands mandarins eux-mêmes pour celles-ci était si profond et si vrai qu'ils ne pénétraient jamais sur le territoire d'un village sans se faire officiellement annoncer.

Ces franchises, qu'elles nous paraissent défectueuses ou bizarres, devraient être respectées avec la plus scrupuleuse bonne foi. Les Annamites les ont tellement à cœur que ce serait très certainement nous aliéner ce peuple que d'y porter une imprudente main.

XII

Du système administratif français.

Voyons, maintenant, de quelle façon nous avons compris l'administration de notre colonie.

Notre rouage administratif est assez simple comme principe, assez vigoureux comme mode de centralisation; ses défauts, s'il en a, n'apparaissent que dans les abus qu'on a su tirer de son application.

Au sommet de la hiérarchie, le gouverneur, représentant le pouvoir souverain, dont il est le plus haut délégué. Au-dessous de lui et sous son autorité immédiate, le Directeur de l'Intérieur, centralisant, depuis 1864, le pouvoir civil et rayonnant jusque dans les provinces par ses Inspecteurs et ses Administrateurs des Affaires indigènes. Voilà pour la représentation de l'État. A côté, et comme transition, les *Phûs* et les *Huyêns*, à la nomination du gouverneur, sortes de préfets et de sous-préfets soldés par l'État, transmettant les ordres de l'autorité française aux chefs de cantons, aux maires et aux notables des communes. Ces fonctionnaires annamites n'agissent, toutefois, que sous la surveillance immédiate des Inspecteurs et des Administrateurs auxquels, en matière de service judiciaire indigène, est adjointe une commission d'appel dont font partie les notables, et qui est appelée à éclairer la religion du gouverneur dans les questions délicates ou épineuses.

Par décret en date du 21 août 1869, un Conseil privé a été placé auprès du gouverneur de la Cochinchine. Ce conseil se compose :

1° Du Gouverneur, président ;

2° Du Commandant supérieur des troupes ;

3° Du Chef du service administratif ;

4° Du Directeur de l'intérieur ;

5° Du Procureur général ;

6° De deux Conseillers coloniaux choisis parmi les notables habitants de la colonie et nommés par le Gouverneur.

Lorsque le conseil privé se constitue soit en conseil de contentieux administratif, soit en commission d'appel, ou qu'il est saisi de questions relatives à l'exercice des pouvoirs extraordinaires du gouverneur, il s'adjoint deux membres de l'ordre judiciaire. Ces deux membres sont désignés par le gouverneur en conseil, au commencement de chaque semestre.

Les fonctions du ministère public, exercées primitivement par le contrôleur colonial, ont été confiées, depuis la suppression de cet office en 1873, au substitut du procureur général. En son absence, un membre du commissariat de la marine siège à sa place.

Les délais d'appel au contentieux sont : d'un mois, si le demandeur demeure dans la province de Saïgon ; de trois mois, s'il réside dans les autres provinces de la colonie.

La direction de l'Intérieur, telle qu'elle est actuellement constituée, comprend toute l'administration de la colonie au point de vue civil, judiciaire et financier. Elle se centralise à Saïgon dans quatre bureaux. Nous avons dit quels sont ses représentants sur toute l'étendue du territoire.

En 1873, les Inspecteurs ont été réduits à cinq.

Les Administrateurs sont divisés en trois classes, de traitements inégaux variant de 8,000 francs à 15,000 francs de fixe, plus le logement, le mobilier, la ration, le domestique, les indemnités de route, les transports, etc. On les a répartis, en 1871, dans 18 résidences ou cercles, qui sont : Saïgon, Baria, Tay-ninh, Bien-hoa, Mocay, Thu-dau-mot, Tra-vinh, Vinh-long, Sadec, Mitho, Chau-doc, Soctrang, Go-cong, Tan-an, Ha-tien, Cho-len, Long-xuyen et Rach-gia. Ces fonctionnaires sont ordinairement trois ensemble. En cas d'absence des titulaires, on remplace ceux-ci par des stagiaires.

Ces 18 arrondissements ne sont que des subdivisions de nos six provinces, lesquelles sont, ainsi que nous l'avons déjà dit : Saïgon, Bien-hoa, Mitho, Vinh-long, Chau-doc et Ha-tien.

Les fonctions des Administrateurs sont nettement définies par l'arrêté du 26 juin 1871.

Le premier Administrateur a autorité sur ses deux collègues. Il correspond seul avec le Directeur de l'Intérieur relativement aux divers services de son arrondissement. Il est spécialement chargé de la justice, de la tenue des registres de l'état civil, de la comptabilité, du rôle de l'impôt, de la surveillance des prisons, du recrutement des miliciens.

Le second Administrateur est responsable de la caisse : il tient tous les registres de la perception de l'impôt, il fait établir et signe les états de dépenses. Il tient lieu de percepteur, et, s'il y en a un, s'occupe du service financier qui n'est pas dévolu à celui-ci. Il est chargé, en outre, des comptes et des attributions de l'entretien du matériel, de la caisse des prisonniers, de leur nourriture et de leur entretien. Enfin, en matière de justice indigène, il peut être désigné par le premier Administrateur pour faire les instructions.

Le troisième Administrateur est chargé de toutes les opérations du cadastre, du recensement, de l'entretien des *trams* (courriers et relais de postes), des routes, des diverses constructions, et des écoles : il en tient registre et état.

Ces divers fonctionnaires étaient toujours des officiers de marine et d'infanterie de marine. Une loi spéciale, qui date de 1873, a eu pour but de remédier à ce régime par trop autoritaire. Elle a accordé à ces fonctionnaires un délai de trois ans, à partir de sa promulgation et de sa publication, pour opter entre leurs grades militaires et leur position administrative. Mais cette mesure suffisait-elle ? Ces immenses pouvoirs ne fonctionnent qu'au gré seul de MM. les Inspecteurs, et l'administration de la colonie en souffre singulièrement. On a cru ou feint de croire, pendant longtemps, que leur petit nombre et la multiplicité de leurs fonctions les forçaient à en négliger une partie, et l'on a immédiatement augmenté leur personnel. Or, quel a été le résultat ? Le même. C'est que le vice du système réside tout à la fois et dans le système et dans les fonctionnaires qu'il emploie. On ne pourra obtenir quelque sérieuse régularité que lorsqu'on aura supprimé les délégués militaires pour leur substituer franchement des commissaires civils. Un coup d'œil jeté sur le système municipal de notre colonie nous en convaincra.

La population indigène se divise dans chaque commune, au point de vue administratif, en deux grandes catégories : les *inscrits*, propriétaires payant la capitation et dont les noms sont, pour ce motif, portés sur le registre des impôts du village, et les *non inscrits*, gens exempts de la capitation.

Les inscrits représentent les chefs des familles les plus anciennes de celles qui ont fondé des villages. Cette représentation n'a rien de fictif, les souvenirs des premiers établissements annamites s'étant parfaitement conservés par la tradition. D'ailleurs, la création d'un grand nombre de nos centres de population actuels ne remonte pas à plus de quarante-cinq ans ; ils datent de la fin de l'insurrection du Gia-Dinh, qui eut pour conséquence la destruction de Saïgon sous Minh-Mang, en 1834. Cette catégorie des inscrits s'accroît, en outre progressivement, par l'admission de tous les propriétaires de 19 à 60 ans, dont la présence est constatée par un recensement qui a lieu tous les six ans, et par l'extension du droit de cité à tous les nouveaux colons qui offrent des garanties suffisantes.

Les inscrits se subdivisent eux-mêmes en deux classes : les *trâng-hang*, hommes de 19 à 55 ans, payant la capitation entière, qui est de 2 francs; et les *lao-hang*, payant la demi-capitation, et comprenant les hommes de 55 à 60 ans. Quant aux non inscrits, ou *dân-làn*, ils comprennent tous les indigents, les domestiques, les ouvriers et les vagabonds, qui forment le plus populeux noyau de la richesse communale, la caste, en un mot, qu'il importe le plus de ménager. Car si les inscrits sont responsables du payement des impôts de population, les non inscrits subviennent aux dépenses propres du village dans la limite de leurs moyens, principalement lorsqu'il s'agit des contributions prélevées collectivement sur les communes, telles que les corvées et l'entretien des milices. Or, si l'on ne savait pas que, pour un inscrit, chaque village possède en moyenne vingt habitants non inscrits, on trouverait exorbitant le chiffre des impôts de population lesquels, réunis aux contributions foncières, aux dépenses communales et aux impôts indirects, grèveraient chaque contribuable d'une charge de 50 à 60 francs, charge aussi forte que celle qui pèse sur les habitants de la France ou de l'Angleterre. Mais cette somme se répartit, en réalité, sur dix ou douze personnes au moins, ce qui la rend fort minime ; la preuve en est dans la facilité avec laquelle les impôts sont acquittés depuis que les rôles ont été établis d'après ce nouveau système. Les villages bien administrés ont donc tout intérêt à ne pas exiger trop de corvées ou trop d'argent des non inscrits, car ces utiles auxiliaires pourraient alors changer de résidence et priver ainsi l'ancienne d'une ressource précieuse.

Le maire (*Xâ*) et les notables (*Chûê-Viêc*) seraient donc responsables en ce cas.

Le maire, premier magistrat de la commune, délégué du conseil des notables, est le seul intermédiaire de la communauté avec l'administration centrale. Il est nommé par le gouverneur, et ses fonctions sont gratuites. Les notables ne sont guère que ses agents. Ils ne rendent d'arrêts ou de décisions qu'en matière de propriété indigène : dans ce cas, c'est devant le conseil des notables, présidé par le maire, que se passent les contrats ou les actes portant mutation de propriété, ainsi que les transmissions ou héritages dont la transcription littérale, dans les deux langues, se conserve à l'enregistrement de l'Inspection, moyennant une faible redevance.

On conçoit que tout ce fonctionnement municipal nécessite, de la part de l'Administration, un certain contrôle.

Aussi le maire est-il astreint de tenir, sous la surveillance des notables et sous leur responsabilité, quatre registres différents, qui sont :

1° Le registre de la population (*Bô-dinh*) ;

2° Le rôle de l'impôt foncier (*Bô-diênh*) ;

3° Le registre des barques (*Sô-ghe*) ;

4° Le registre des Asiatiques non indigènes (*Sô-dân-lân*).

Pour remédier aux inconvénients que le gouvernement annamite avait laissé subsister dans le service de l'impôt, le gouvernement français a créé, dans tous les chefs-lieux d'arrondissement, des perceptions où l'impôt est versé soit par l'intermédiaire du maire, soit directement par le contribuable, et le payement se fait en argent. Dans le principe, les Inspecteurs recevaient eux-mêmes les fonds : mais on a dû renoncer à ce mode de recette, et remplacer les officiers receveurs par des délégués spéciaux du trésorier payeur.

En ce qui concerne l'administration des biens communaux, chaque village, pour établir le compte de ses recettes et dépenses, possède deux registres, celui des recettes (*Sô-thân*) et celui des dépenses (*Sô-xuât*), tenus soigneusement chacun par le maire sous la surveillance des notables.

Tel est le système administratif substitué par nous en Cochinchine au système indigène. Il a eu son utilité, au moment de la conquête ; mais il a fait son temps. Nous savons comment le militarisme a traité l'Algérie : il est à craindre que le régime du sabre ne ruine également notre colonie de l'extrême Orient. D'autres ont déjà signalé le péril. Nous crions, à notre tour : *Caveant consules !*

Quant aux villes de Saïgon et de Cho-len, elles ont chacune une organisation municipale particulière.

En ce qui concerne Cho-len, j'ai dit que cette ville avait été divisée, administrativement, en cinq quartiers différents. Cette décision porte la date du 6 juin 1865. Chacun de ces quartiers, formant une sorte de localité à part, élit un conseil municipal parmi les notables Asiatiques résidant sur son territoire, quelle que soit leur nationalité : ce conseil a les mêmes pouvoirs et les mêmes attributions que les conseils municipaux des villages annamites, et il choisit son maire parmi ses propres membres. L'Administrateur de la ville sert d'intermédiaire entre ces cinq conseils et l'administration centrale de Saïgon.

On ne s'explique guère, selon moi, que le gouvernement colonial ait ainsi scindé l'administration de la plus populeuse cité de la Cochinchine. Les « considérants » de l'arrêté de l'amiral Roze constatent bien « que le nouveau tracé et la reconstruction de la ville chinoise ont fait disparaître les délimitations des villages qui étaient situés sur son territoire » ; ils constatent également « que la plupart des anciens propriétaires des terrains, ayant perdu leurs droits, n'ont plus d'intérêts matériels dans la ville » ; qu'en conséquence, il est « urgent de reconstituer les municipalités sur ce territoire en appelant à en faire partie les notables qui y sont domiciliés » ; mais on chercherait en vain dans ce document tout entier quelque indication des nécessités de la mesure prise. Peut-être a-t-on redouté l'opposition d'une administration unique dans une aussi vaste agglomération d'Asiatiques de toute race. En ce cas, pourquoi ne pas continuer à les régir militairement ? On a pensé, sans doute, qu'on aurait plus facilement raison, en cas de résistance, de cinq municipalités juxtaposées et forcément rivales. Mais le droit de surveillance des Inspecteurs n'est-il donc compté pour rien ? Assurément, le mobile de cette réglementation bizarre a échappé aux successeurs de

M. l'amiral Roze, tout ainsi qu'il nous échappe à nous-même, puisqu'il a été question, sous l'administration de l'amiral Dupré, de subsituer à ces cinq conseils une seule municipalité indigène : mais cette réforme, si elle était admise, nous paraît devoir constituer un véritable péril. Elle serait, d'ailleurs, souverainement injuste ; car, à côté du commerce asiatique, il y a encore, à Cho-len, le commerce européen : il est vrai que, dans son amour inconsidéré de l'élément chinois, M. l'amiral Dupré faisait bon marché de l'élément européen, le mettant, toutes les fois qu'il le pouvait faire, à la remorque du bon plaisir indigène ! Espérons qu'une telle mesure ne sera jamais réalisée.

Quant à la ville de Saïgon, son administration propre a subi trois phases distinctes.

Jusqu'en 1867, elle a été régie militairement.

Ce fut l'amiral de La Grandière qui, le premier, institua une commission municipale. Le développement de la cité, l'importance et la multiplicité des intérêts qui se rattachaient à son administration, leur bonne gestion surtout nécessitaient, enfin, le concours d'une institution conforme à celles de la métropole. Toutefois, l'arrêté du 4 avril 1867 constatait : « Que l'état de la ville et les éléments qui s'y rencontraient ne comportaient encore ni la constitution définitive de la commune avec tous les droits qui en découlent, ni l'emploi du système électif pour la désignation des citoyens qui doivent participer à la direction de ses affaires. » En conséquence, l'administration municipale était composée d'un commissaire municipal et de douze conseillers nommés par le gouverneur, la durée des fonctions du premier n'étant pas limitée, celles des autres ne pouvant excéder deux ans. Le commissaire municipal, placé sous les ordres immédiats du Directeur de l'Intérieur, pouvait être choisi parmi les fonctionnaires publics : quant aux conseillers, on les prenait dans toutes les classes de la population saïgonnaise, tant asiatique qu'européenne; il ne pouvait entrer de fonctionnaires parmi eux au delà d'un quart. Toutefois, par ces mots : « choisis dans toutes les classes de la population », il fallait entendre, aux termes mêmes de l'arrêté, les résidents choisis « sur une liste de notables arrêtée chaque année par le gouverneur, et sur laquelle on portait tous les habitants jouissant d'une notoriété jugée suffisante, âgés d'au moins vingt-cinq ans et justifiant de six mois de résidence ». On devait prendre les adjoints parmi les conseillers, « s'il était jugé utile de pourvoir à ces fonctions ». Ajoutons que les délibérations du conseil municipal étaient adressées au Directeur de l'Intérieur pour être par lui soumises à l'approbation du Gouverneur, et que les sessions n'avaient lieu que quatre fois l'an : en février, mai, août et novembre, sauf le cas de convocations extraordinaires décidées par le même Directeur de l'Intérieur sur l'ordre exprès du gouvernement colonial.

Deux ans plus tard, l'amiral Ohier faisait un pas en avant. L'arrêté du 8 juillet 1869 reconnaît, en principe, la nécessité de l'emploi du système électif. Toutefois, le gouvernement se réserve encore le droit de désigner, à son choix, un certain nombre de conseillers « pour pondérer la représentation des diverses nationalités au sein du conseil ». Que le gouvernement déclarât qu'il voulait y pondérer la représentation de sa propre influence, je concevrais alors la réserve qu'il s'attribuait : mais j'avoue ne plus comprendre le droit qu'il spécifiait pour lui-même d'intervenir dans le choix de conseillers européens, dans le seul but de maintenir l'équilibre en présence des conseillers asiatiques. Pourquoi ne se réservait-il pas, bien plutôt, le choix de ces derniers parmi les indigènes sur lesquels il croyait pouvoir compter? La municipalité de Saïgon n'étant rien de plus qu'une concession aux apparences, l'élément asiatique n'était-il pas suffisamment favorisé par le choix du Gouverneur?

Voici, maintenant, quel était le système en vigueur de mon temps.

La municipalité saïgonnaise se composait d'un maire, toujours nommé par le Gouverneur et pouvant être choisi parmi les fonctionnaires publics, et de 13 conseillers municipaux, dont 6 désignés par le gouvernement et 7 élus par voie de scrutin : ces conseillers ne demeuraient en fonctions que pendant deux ans. Toute délibération du conseil était, dans les vingt-quatre heures, adressée par le Directeur de l'Intérieur au Gouverneur qui l'approuvait, la recevait ou opposait son *veto*. Les vacances étaient remplies dès la première séance qui les suivait si le Gouverneur le jugeait à propos, mais, dans ce cas, pour le temps seul restant à parcourir aux anciens titulaires des pouvoirs vacants. Étaient électeurs tous les résidents européens ou originaires de colonies européennes, âgés de vingt et un ans et ayant un domicile de trois mois dans le ressort des tribunaux de la ville, sauf les exceptions d'indignité ordinaires; étaient éligibles tous les électeurs européens et les Annamites domiciliés, ayant atteint l'âge de vingt-cinq ans accomplis, sauf exceptions provenant de degrés prohibés de parenté ou d'un emploi dans une Société ou dans un établissement commercial communs.

Les habitants de Saïgon sont entrés, depuis mon départ, dans leur quatrième phase administrative. Il leur est permis, depuis 1879, d'élire complètement et librement leurs délégués municipaux, d'éviter, en même temps, la surveillance immédiate et contraire à tous les principes de droit public de ce fonctionnaire omnipotent qui se nomme le Directeur de l'Intérieur. Le conseil municipal se compose donc actuellement de onze conseillers français et de quatre conseillers indigènes; le maire et les deux adjoints restent à la nomination du Gouverneur. On ne peut qu'applaudir à cette tardive mesure.

J'ajouterai que, par décret en date du 8 février 1880, un Conseil colonial a été institué en Cochinchine. Cette assemblée, dont les attributions ont été, pour la plupart, empruntées à celles des conseils généraux des autres colonies françaises, se compose : 1° de six membres citoyens français ou naturalisés, élus par le suffrage universel; 2° de six membres asiatiques, sujets français, élus dans chaque circonscription par un collège composé d'un délégué de chacune des municipalités désigné par le suffrage des notables; 3° de deux membres délégués de la Chambre de commerce, élus dans son sein; 4° de deux membres civils du Conseil privé, nommés par décret colonial. Les uns et les autres sont nommés pour quatre ans : tous les deux ans, ils sont renouvelés par moitié, dans chaque catégorie, et indéfiniment rééligibles. Tout en maintenant à l'élément français la suprématie dans les conseils de l'administration locale, cette institution assure à l'élément indigène une participation importante à la gestion des affaires communes et constitue en sa faveur un commencement d'accession à nos institutions et d'assimilation à nos mœurs.

Enfin, un vote du Parlement a donné, en 1881, un député à la Cochinchine. Un honorable avocat de Saïgon, M. Blancsubé, a été élu, le 20 novembre suivant, par 491 voix contre 412 suffrages réunis par ses deux concurrents, également membres du barreau. Les affaires de la colonie vont donc pouvoir, désormais, être portées à la connaissance du public français et subir un contrôle rigoureux !

A Saïgon, l'élément indigène compte actuellement 693 électeurs inscrits, sur lesquels 391 seulement sont venus prendre part aux élections municipales des 9 et 16 octobre 1881. Le chiffre est minime : mais la prudence ne permet pas encore de l'élever.

XIII

La question judiciaire.

Jusqu'en 1868, la justice a été rendue, en Cochinchine, par un tribunal de première instance et un tribunal supérieur jugeant en appel, le procureur impérial, chef de service, faisait fonctions de ministère public aux deux degrés. Le décret de 7 mars 1868 a modifié cette organisation par la création d'une cour d'appel composée d'un président, de deux conseillers, d'un conseiller auditeur et d'un procureur général, chef du service judiciaire de la colonie, auquel un autre décret, du 17 avril 1871, a adjoint un substitut. Le tribunal de première instance, composé d'un juge président, d'un lieutenant de juge (juge d'instruction), d'un procureur et d'un substitut, a été accru, par décret du 23 mars 1873, de deux juges suppléants : il a statué également comme tribunal de simple police jusqu'en 1877, date à laquelle on a encore créé une justice de paix à Saïgon. En outre, la loi du 28 avril 1869 attribuait à la cour de Saïgon les appels de tous les jugements des tribunaux consulaires de la Chine, du royaume de Siam et du Japon, ainsi que la connaissance des crimes commis par des Français dans ces mêmes contrées. Enfin, constituée en cour criminelle, la cour d'appel était accrue de deux assesseurs civils désignés par la voie du sort sur une liste de dix notables dressée, chaque année, par le Gouverneur; du reste, la cour d'assises est permanente.

Telle a été la première phase de l'organisation judiciaire civile de notre grande colonie indo-chinoise: une cour d'appel et un tribunal de première instance unique, dont la compétence ne s'étendait pas au delà de la ville de Saïgon, des quelques villages qui forment sa banlieue et du quart, à peu près, de la ville voisine de Cho-len. En dehors de ce ressort étrangement limité, toutes les affaires civiles, commerciales et criminelles ressortissaient des tribunaux privilégiés des Inspecteurs et Administrateurs des Affaires indigènes. Tel est le régime que j'ai connu, et qui a disparu il y a quelques mois seulement.

La procédure suivie devant le tribunal et la cour est fort simplifiée: elle n'est autre que celle que l'on suit d'ordinaire, en France, devant les tribunaux de commerce.

Le barreau est composé de cinq offices d'avocats défenseurs, remplissant, en même temps, les fonctions d'avoués et celles d'agréés devant le tribunal de commerce: ils sont nommés par le ministre de la marine, qui peut les révoquer à son gré, et n'ont point de bâtonnier.

Il y a deux notaires à Saïgon, dont l'un est greffier en chef de la cour et du tribunal: eux aussi, ils sont à la nomination et à la révocation du ministre de la marine. Leurs offices sont incessibles. Ils déposent un cautionnement de 12,000 francs, et leur discipline appartient au procureur général.

La seule prison de Saïgon est placée sous la surveillance de l'autorité judiciaire: les autres prisons de la colonie appartiennent au régime militaire. Toutefois, la maison pénitentiaire des jeunes détenus a été soumise, depuis 1870, à la surveillance du procureur général.

Les fonctions d'huissier près la cour et le tribunal sont

remplies par des agents de police désignés par le Gouverneur sur la proposition du chef du service judiciaire.

Il y a, enfin, à Saïgon, un tribunal de commerce. De mon temps, il était composé de cinq notables commerçants, français ou étrangers, résidant depuis un an au moins dans la colonie, nommés chaque année par le Gouverneur, lequel désignait, en même temps, leur président. Un décret du 13 mars 1880 a réorganisé cette juridiction. Dorénavant ce tribunal, composé d'un président, de quatre juges et de trois juges suppléants, est élu par une assemblée de notables pris : 1° parmi les commerçants français âgés de 21 ans ; 2° parmi les commerçants étrangers âgés de 25 ans et soumis à une patente de 1re ou de 2e classe ; 3° parmi les commerçants indigènes âgés de 25 ans et compris dans les trois premières classes de patentes ; 4° parmi les commerçants asiatiques étrangers appartenant aux deux premières classes de patentes, sans que cependant leur nombre puisse dépasser celui des électeurs français ; 5° parmi les représentants de Compagnies ou de maisons de commerce ; 6° parmi les capitaines au long cours et les maîtres au cabotage français. Sont éligibles : les électeurs français âgés de 25 ans, les capitaines au long cours et les maîtres au cabotage, ainsi que les électeurs indigènes sachant lire, écrire et parler le français. Comme auparavant, ces magistrats sont toujours aptes à être renommés ; ils ne peuvent rendre de jugements que lorsqu'ils siègent au moins trois ; leurs fonctions sont gratuites. Leurs attributions sont les mêmes, en matière commerciale, que celles des juges consulaires de France, et leur ressort est le même que celui du tribunal civil de Saïgon : toutefois, en matière de navigation, ce ressort a été étendu sur tout le parcours de la rivière de Saïgon, entre cette ville et la mer, ainsi que sur tout le littoral de la Cochinchine.

Ajoutons, pour terminer, que des interprètes assermentés sont spécialement attachés au service de ces divers tribunaux, ainsi que des lettrés, et répartis, selon les besoins, par arrêtés du gouvernement.

Il est incontestable que ce mode d'organisation judiciaire était insuffisant. Le nouveau Gouverneur civil, M. Le Myre de Villers, l'a bientôt compris. Il a donc procédé à une réforme radicale des plus louables, que les justiciables n'eussent jamais obtenue, à coup sûr, avec des Gouverneurs militaires.

C'est, d'abord, le décret du 25 juin 1879 qui ouvre, définitivement, le recours en cassation contre les arrêts et jugements rendus en dernier ressort par les tribunaux français de la colonie en matière criminelle et correctionnelle, ainsi que le recours en annulation contre les jugements en dernier ressort rendus dans les tribunaux de simple police : ce dernier recours est porté devant la cour d'appel. C'est ensuite, au début de 1880, l'ouverture du pourvoi en cassation en matière civile et commerciale. On peut aisément supposer quel préjudice portait, auparavant, aux justiciables l'absence de toute possibilité de recours et de pourvoi en d'aussi graves matières ! C'est encore le décret du 3 avril 1880 qui attribue à la cour de Saïgon, désormais subdivisée en deux chambres, la connaissance des appels en matière indigène, ce qui permettra désormais de surveiller les agissements des Inspecteurs : par suite, l'exercice de l'action criminelle dans toute la Cochinchine est confiée au procureur général. Quand la cour d'assises aura à juger un Asiatique, elle devra s'adjoindre, en outre, deux assesseurs indigènes désignés par le sort sur une liste de vingt notables dressée, chaque année, par le Gouverneur en conseil. C'est, de plus, le décret du 1er mars 1881 qui rend justiciables du tribunal français, sur tout le territoire du Cambodge, tous Français, Européens ou Américains qui y résident, dans le cas où il n'y a pas de sujet cambodgien en cause.

Cette importante réforme a été enfin complétée par le décret du 25 mai 1881, lequel mérite d'être analysé avec quelques détails.

Six tribunaux de première instance ont été érigés à Bien-hoa, à Mitho, à Bentré, composés de quatre magistrats, à Vinh-long, à Chau-doc et à Soc-trang, composés de trois magistrats, avec leurs greffiers spéciaux pour chacun. Quant au tribunal de Saïgon, ses juges suppléants ont été portés à quatre. Toutefois, je ne comprends pas pourquoi le ministre a cru devoir maintenir dans chaque tribunal l'unité de juge sur le siège, laquelle, parfois, prête à suspicion et, souvent, rend difficile, sinon impossible, la saine et libre interprétation de la loi. Les quatre suppléants de Saïgon permettraient aisément de remédier, pour ce qui concerne ce tribunal, à ce fonctionnement défectueux : dans les six autres tribunaux, il eût été également facile d'instituer deux suppléants chargés de siéger à côté du magistrat en titre.

Ce qui me paraît également peu praticable, c'est la disposition de l'article 38 imposant la connaissance de la langue annamite au président, au lieutenant de juge et au procureur de chaque tribunal. En effet, sous ce climat rigoureux, les magistrats demandent leur changement après deux ans environ de résidence : comment exiger que leurs successeurs soient au courant de l'idiôme d'un pays où ils n'auront jamais paru? Il faut bien, pourtant, que les sièges vacants soient pourvus sans délai, et que leurs titulaires soient investis en faveur des règles ordinaires de l'avancement hiérarchique. Généralement, aucun magistrat ne consentira à perpétuer son séjour en Cochinchine :

la connaissance de la langue annamite, d'un apprentissage très pénible, ne sera donc guère exigible qu'en théorie. On a voulu parer à l'inconvénient des interprètes asiatiques, d'une probité douteuse et de relations peu sûres, soit; mais il y avait un autre moyen suffisant, celui-là même qui est prévu par l'article 37, lequel ouvre l'accès de la magistrature de la colonie à ceux des Administrateurs des Affaires indigènes pourvus du diplôme de licencié en droit : cela est si vrai que les Administrateurs non pourvus de ce diplôme sont admis provisoirement, à titre auxiliaire, parmi les magistrats jusqu'à ce qu'il soit « possible de leur trouver un autre emploi. » En réalité, leur présence rendra de réels services à leurs nouveaux collègues, et ce « provisoire », qui n'offre aucun inconvénient grave, restera probablement définitif.

Une innovation méritoire est celle qui crée des attachés, licenciés en droit, aux divers parquets d'instance et d'appel de la colonie. On exige d'eux un stage d'un an au moins et la connaissance de la langue du pays pour leur admission dans la magistrature locale. Ceux-là du moins, arrivés jeunes, pourront s'acclimater peut-être. Ils peuvent être proposés, dit l'article 34, « à l'emploi de juge suppléant ou à celui de lieutenant de juge ». Pourquoi pas à celui de substitut, intermédiaire de ces deux offices? Puis encore une autre critique : pourquoi avoir fixé à 22 ans l'âge requis pour être nommé suppléant, quand ces fonctions ne peuvent être attribuées nulle part en France qu'après 25 ans accomplis? Cette anomalie ne devait pas être passée sous silence.

Est-ce à dire que je blâme la teneur du décret du 25 mai 1881 ? Non, il est très bon ; mais il pouvait être meilleur. Quelques taches légères n'influent en rien sur le caractère vraiment libéral de son ensemble. C'est encore ainsi que l'on a eu raison de décider que, pour le jugement des crimes, la cour criminelle siègera périodiquement dans chaque chef-lieu d'arrondissement judiciaire : jusqu'à présent, les Administrateurs des provinces faisaient ce qu'ils voulaient, et sans le moindre contrôle, des criminels de leur ressort. A ce même point de vue, le décret précédent du 3 avril 1880 a réalisé un non moins grand progrès en ne conservant pas au Gouverneur le droit de grâce ou de commutation en matière indigène. Sait-on, en effet, de quelle façon ce haut fonctionnaire en usait parfois? Je me contente d'un seul exemple. Dans le courant de 1875, par jugement de M. l'Administrateur de Long-xuyen, trois Annamites ayant été condamnés, savoir : une femme à huit ans de fers, deux hommes à douze ans de la même peine; le Gouverneur, M. l'amiral baron Duperré, écrivait en marge de la sentence : « Approuvé; *seulement*, les deux accusés *auront la tête tranchée*; la femme sera mise en liberté. » Voilà sur quelles étranges « commutations » de peine se sont exercées, pendant vingt ans, les capricieuses humeurs de nos gouverneurs militaires. Dorénavant, les Annamites sont appelés à bénéficer des dispositions qui protègent à cet égard les Européens.

Il convient d'approuver également sans réserves que l'on ait créé une vice-présidence en appel, qu'on ait élevé à cinq le nombre des conseillers, à quatre celui des conseillers auditeurs, à trois celui des substituts du procureur général : la division de la cour en deux chambres nécessitait cet accroissement. On a eu raison aussi d'adjoindre deux Inspecteurs des Affaires indigènes aux membres de la seconde chambre, à laquelle l'appel des jugements rendus par les tribunaux indigènes se trouve dévolu : la compétence des juges du dernier ressort n'en sera que mieux assise. On applaudira, enfin, au texte de l'article 39, lequel porte que les greffiers de la cour et des tribunaux devront être désormais licenciés en droit, à moins qu'ils n'aient exercé d'autres offices de justice pendant trois ou cinq ans. Peut-être cette dernière restriction est-elle fâcheuse, l'élévation des traitements de ces greffiers permettant de s'en tenir strictement à la règle générale. Dans tous les cas, j'ose espérer qu'on aura ainsi trouvé le moyen de remplacer par des greffiers sérieux les grotesques plumitifs que j'ai connus là-bas.

Je regrette, toutefois, que le décret du 25 mai 1881 ne fasse aucune mention des huissiers. A Saïgon, ils constituent un corps de détestables bas officiers de justice. Pris parmi les agents de police et insuffisamment payés, ils deviennent forcément agents d'affaires et finissent, plus d'une fois, sur les bancs de l'audience correctionnelle ou de la cour d'assises, mais non plus, ce jour-là, à titre de fonctionnaires. C'est là un oubli qu'il importe instamment de réparer. Qu'on les choisisse ailleurs, qu'on les rétribue d'une façon décente, et surtout qu'on tienne la main à ce qu'ils ne s'occupent pas de gestions particulières, trop souvent véreuses.

La surveillance des prisons par l'autorité judiciaire aurait également besoin d'une véritable sanction.

J'achève, maintenant, l'examen du décret. Pour la première fois, aussi, les appels civils et commerciaux formés contre les jugements rendus en premier ressort par les représentants du protectorat français dans l'extrême Orient et par les consuls de France en Annam, ainsi que les appels correctionnels contre les jugements rendus par notre agent au Cambodge ou par nos consuls en Annam, sont nettement déterminés. Pour la première fois, enfin, les crimes commis par des Français ou par des Européens dans notre protectorat du Cambodge sont déférés à la cour criminelle de Saïgon. Cette double mesure, depuis longtemps réclamée, fait disparaître l'arbitraire et assure largement notre influence dans l'esprit des Orientaux. Nul, désormais, ne pourra plus nous accuser, en Cochinchine et au Cambodge, de favoriser nos nationaux au détriment des indigènes en les faisant disparaître, sans exiger d'eux aucune indemnité, quand ils auront commis un acte coupable. On doit saluer, dans cette disposition nouvelle, l'aurore d'une autre réforme évidemment prochaine, celle concernant le droit d'expulsion attribué au Gouverneur de la colonie : espérons, en effet, que ce haut fonctionnaire sera bientôt dépossédé du droit arbitraire de se débarrasser d'un colon ou d'un employé qui le gêne, ainsi que du droit de soustraire un résident quelconque aux rigueurs méritées de la justice, ainsi que je l'ai vu pratiquer plus d'une fois.

La réorganisation de la magistrature appelait un remaniement complet dans ses traitements. Le ministre s'est occupé, dans cette question délicate, de mettre la rémunération en rapport avec les exigences du pays et les dangers courus. D'autre part, l'assimilation de ces magistrats coloniaux avec les magistrats de la métropole donne satisfaction à tous les amours-propres. C'est encore là un autre progrès.

Une dernière question restait à régler : celle des rapports de la presse coloniale avec le régime judiciaire. Pendant longtemps, les journaux saïgonnais ont été soumis uniquement au bon plaisir des Gouverneurs, en vertu de la loi sur l'état de siège. Un décret du 20 février 1874 était venu, pour la première fois, promulguer la loi de 1819 sur le territoire de la Cochinchine : on la rendit applicable, un peu plus tard, aux Annamites eux-mêmes. Ensuite, deux décrets du 2 mars et du 30 juin 1880 avaient appliqué, sous certaines réserves, à la colonie la législation métropolitaine sur la presse. Mais l'article 69 de la loi du 29 juillet 1881 ayant replacé toutes nos colonies sous le régime du droit commun, les deux décrets précédents se trouvaient abrogés aux termes exprès de l'article 68 de la même loi : en conséquence, il importait d'édicter de nouvelles dispositions pour déterminer la juridiction à laquelle devraient être déférés dorénavant les crimes et délits commis par voie de la presse. Un nouveau décret du 14 mars 1882 vient d'y pourvoir : il dispose que les crimes et délits spécifiés par la loi de 1881 comme étant du ressort de la cour d'assises en France seront portés devant les tribunaux criminels composés conformément aux ordonnances et décrets en vigueur dans notre possession, c'est-à-dire devant la cour d'assises de Saïgon : en cas de non comparution, le prévenu sera jugé par défaut, sans assistance ni intervention des assesseurs. C'est dire que la colonie se trouve traitée sur le même pied que la métropole.

Toute cette réforme judiciaire fait le plus grand honneur à M. Le Myre de Villers. Somme toute, en deux ans et demi, le nouveau Gouverneur civil aura plus fait pour la Cochinchine que les innombrables Gouverneurs militaires qui l'y ont précédé pendant vingt ans.

C'est encore à l'intelligente inspiration de M. Le Myre de Villers qu'est dû le décret du 16 mars 1880, rendant enfin les dispositions du code pénal métropolitain applicables en Cochinchine pour ce qui concerne les crimes et délits commis par les indigènes ou Asiatiques. Cette substitution si rationnelle du code pénal français au code pénal annamite était vainement réclamée depuis 1869. On a dû reconnaître, toutefois, que notre code pénal ne pouvait pas être introduit dans son entier, certaines de ses dispositions étant incompatibles les unes avec le droit privé des indigènes, les autres avec leurs mœurs. Ainsi, le crime de bigamie, prévu par la loi française, ne peut exister chez un peuple polygame; ainsi encore telle pénalité, établie pour des Français, ne pourrait être appliquée à des indigènes parce qu'elle n'est pas dans leurs traditions et dans certains de leurs préjugés qu'il importe à notre stabilité de respecter, ou parce qu'elle serait pour eux tantôt inefficace et tantôt excessive. De là des exceptions à faire ou des modifications à introduire quand on promulgue le code pénal français dans une colonie asiatique. Ces nécessaires questions de détail n'infirment en rien, du reste, l'à-propos de la mesure prise.

L'application du code pénal français aura, en outre, l'avantage de faire disparaître les répressions arbitraires, trop souvent barbares, que se permettaient les Administrateurs des Affaires indigènes sous le couvert complaisant de la loi annamite. Déjà l'arrêté du 21 décembre 1875, créant à Saïgon une commission d'appel, au-dessus de laquelle on institua encore, par l'arrêté du 6 octobre 1879, un tribunal supérieur pour la révision des jugements rendus par eux, avait réfréné quelque peu le cours de leurs caprices; puis un nouveau décret, en date du 7 novembre 1879, était venu retirer les fonctions judiciaires au chef militaire de l'arrondissement pour les confier à un autre Administrateur spécialement affecté au service de la justice. La loi du 3 avril 1880, en supprimant la commission et le tribunal précités pour leur substituer l'appel direct devant la cour de Saïgon, a été le dernier coup de grâce porté à ce régime du bon plaisir devenu tristement légendaire.

Signalons, pour terminer, le récent décret du 6 mai 1882, qui est le complément de celui du 25 mai 1881, en vertu duquel le règlement des conflits survenus en matière de contentieux administratif entre le gouvernement cambodgien et les sujets européens ou américains justiciables du tribunal de France est attribué au conseil du contentieux de Cochinchine siégeant à Saïgon, lequel statuera en premier et dernier ressort. La législation en vigueur sur ces matières dans notre colonie va donc être prochainement promulguée dans le royaume du Cambodge.

XIV

Instruction publique. — Clergé.

Le gouvernement colonial a fait beaucoup en Cochinchine — je me plais à le reconnaitre — pour l'organisation et la propagation de l'instruction. Il a compris qu'il y avait là un auxiliaire tout puissant et direct de notre civilisation et, par suite, de notre influence. Si tous les services publics avaient été inspirés, dès leur début, par des intentions aussi heureuses, notre établissement dans l'Annam occidental serait assis aujourd'hui sur des bases autrement sérieuses que celles qui le supportent. Malheureusement, le progrès, en matière d'enseignement, ne peut être que lent sur cette terre de préjugés et de routine séculaires. Je ne suis pas de ceux qui rêvent la francisation complète d'une race que son origine et ses instincts ont créée complètement dissemblable de la nôtre : ce qu'il faut espérer et ce que l'on doit atteindre à l'aide d'une vigilante patience, c'est faire accepter sans murmure, sinon faire adopter de cœur, aux vaincus le mouvement progressif de l'idée européenne.

Les obstacles à surmonter sont nombreux. Le premier de tous, pour être complètement matériel, n'est pas le moins considérable. Je veux parler de la langue du pays et de l'écriture qui la représente. La langue annamite, en effet, se chante plutôt qu'elle ne se parle, et sa gamme se compose de six tons différents. Tandis que, chez nous, les syllabes longues et les syllabes brèves ne jouent qu'un rôle très peu important dans la prononciation, dans la langue annamite l'accent et le ton font varier, au contraire, la signification des mots, à ce point qu'une même voyelle, accentuée de façons différentes, peut revêtir jusqu'à dix interprétations distinctes. On conçoit quelles difficultés la vulgarisation d'un pareil idiome offre à l'Européen ! Cependant, on s'y fait vite, en ce qui concerne, du moins, l'apprentissage des mots usuels ; on arrive, surtout, à être compris facilement des indigènes. Ce qui est plus malaisé, c'est de les comprendre eux-mêmes, principalement lorsqu'ils affectent, par respect, de parler bas et entre leurs dents.

Quant à l'écriture, c'est l'écriture chinoise légèrement modifiée. E est tout à la fois idéographique et phonétique : d'une part, en effet, un Chinois ignorant de la langue annamite s'entend néanmoins fort bien avec un indigène, et réciproquement, grâce au procédé spécial de représentation qu'expriment chez les uns et les autres les caractères explicatifs d'une idée analogue; d'autre part, les Lettrés transcrivent avec la facilité la plus grande en caractères locaux les noms européens ou les termes propres de notre langue qu'on leur donne à traduire. Ce caractère particulier de l'écriture chinoise a inspiré aux missionnaires catholiques l'idée heureuse d'une transformation appropriée aux besoins de la communication parlée : je fais ici allusion à la pratique de l'alphabet latin dont ils substituent les caractères à ceux de l'écriture idéographique. Ce mode d'interprétation de l'idiome local produit des résultats excellents. En très peu de temps — en quatre mois — les jeunes indigènes qui suivent nos écoles sont en état de lire à leurs familles tout document en langue annamite écrit en caractères européens. Pour favoriser cet enseignement et intéresser, en même temps, la population annamite, le gouvernement, par décrets spéciaux du 22 février 1868 et du 18 mars 1869, a ordonné la publication d'un journal indigène imprimé en caractères latins, le *Gia-dinh-Bao*, et paraissant chaque semaine à Saïgon. Cette feuille comprend deux parties distinctes : l'une, renfermant les actes officiels ; l'autre, contenant une série d'articles littéraires ou historiques, des questions de morale ou des actualités.

En même temps, à la date du 5 juin 1868, une commission de sept membres était instituée, sous la présidence du savant Inspecteur Le Grand de la Liraye, pour examiner les différentes grammaires annamites publiées ou à publier afin d'en composer une sorte de grammaire officielle élémentaire, simple et concise, qui pût être mise entre les mains des enfants indigènes pour leur faciliter l'étude du français. Ce travail terminé, la commission devait publier un dictionnaire rédigé dans le même sens et présentant, en outre, les caractères populaires en usage parmi les Annamites.

Ces sages prescriptions doivent, à la longue, assurer la propagation de la langue française dans l'Annam. Est-ce à dire, avec un publiciste enthousiaste, que cette langue est « *seule appelée*, à un moment donné, à intervenir dans les actes authentiques par une révolution radicale, analogue à celle qui s'est opérée, dans notre propre pays, sous saint Louis et qui y a assuré, avec le triomphe de notre idiome national, le triomphe des idées modernes » ? Une telle phrase n'est que l'impression du chauvinisme, rien de plus.

Aspect intérieur de la citadelle de Go-Cong.

Ce que l'on doit prévoir uniquement, c'est que l'heure ne tardera pas à sonner où le caractère latin sera substitué généralement dans l'Annam au caractère idéographique.

Ainsi disparaîtra également l'influence privilégiée de la classe des Lettrés, de ces orgueilleux ennemis de notre civilisation, dont le bagage scientifique se réduit, en réalité, le plus souvent à bien peu de chose. Un très petit nombre d'entre eux est en état de bien comprendre les anciens ouvrages, et nul peut-être ne connaît les origines historiques du sol natal. Le Lettré d'un village est ordinairement celui qui, par un travail de mémoire et de routine long et pénible, a réussi à connaître matériellement le plus de caractères. Il n'acquiert point d'autres grades, les examens officiels de l'ancien empire indigène n'existant plus depuis de longues années, au moins depuis la mort de Gia-long en 1820. On conçoit que tout Annamite puisse, désormais, parvenir sans grande peine à ces hauteurs littéraires : la facilité d'instruction que nous leur offrons nous sera donc du plus grand secours, l'indigène était vain de ses titres et des honneurs attachés aux charges publiques. Or, il sera, sous peu de temps, facile à chacun d'eux d'aspirer aux fonctions, qu'ils regardent comme éminentes, de *phû*, de *huyên* ou de *xâ*. Aussi s'appliquent-ils en toute hâte au maniement de nos vingt-quatre lettres, sources de la fortune et du fonctionnariat. Leur amour du gain tournera donc ainsi à notre profit. Peu nous importe le mobile qui les pousse si, grâce à la vulgarisation de nos lumières, nous parvenons à sauvegarder nos intérêts.

C'est à l'amiral Bonard que la Cochinchine doit l'organisation de l'instruction publique indigène. Son décret porte la date du 31 mars 1863.

Il conserve à la tête de l'instruction publique dans chaque province l'ancien *Doc-hoc*, sorte de recteur académique indigène ayant sous sa surveillance immédiate, dans chaque arrondissement de sa province, un *Giao-tho* et un *Huan-dao*, fonctionnaires jouissant respectivement des mêmes pouvoirs dans leur canton. Chacun de ces trois employés tient école, et, tous les ans, un concours a lieu entre les élèves de chaque province. A la suite du concours, le Doc-hoc fait choix des plus intelligents, qui deviennent alors étudiants (*Hoc-shanh*) et se préparent à la réception des diplômes de bachelier (*Tu-taï*) et de licencié (*Cu-nhon*). Le premier grade doit être acquis à la fin de la première année d'études, le second à la fin de la troisième.

Les traitements de ces divers fonctionnaires étaient, par mois : pour le *Doc-hoc*, de 70 piastres (388 fr. 50), 65 piastres (360 fr. 75) et 60 piastres (333 fr.), selon la classe; pour les *Giao-tho*, de 30 piastres (166 fr. 50); pour les *Huan-dao*, de 20 piastres (111 fr.). Les *Hoc-shanh*, tant qu'ils n'avaient pas de diplôme, recevaient 5 piastres (27 fr. 75) par mois.

L'obtention des diplômes méritait à leurs titulaires certains privilèges, comme l'exemption de la milice ou des corvées, mais uniquement par suite d'une proposition du *Doc-hoc*. Les *Tu-taï* et les *Cu-nhon* pouvaient être attachés aux bureaux des diverses administrations : ils recevaient alors un traitement mensuel de 10 piastres (55 fr. 50).

Pour vulgariser l'étude de la langue annamite écrite en caractères européens, un interprète était adjoint à chaque *Giao-tho*. Cependant, cette dernière étude n'était pas obligatoire : elle n'a été rendue telle que plus tard.

Ce décret régit les écoles indigènes jusqu'au mois de juillet 1864. A cette date, l'amiral de La Grandière simplifia l'organisation des écoles primaires, tout en laissant subsister les dispositions relatives à l'obtention des grades prises par son prédécesseur.

En vertu de cette organisation nouvelle, des écoles primaires étaient ouvertes dans les centres les plus importants sous la direction d'un interprète chargé de faire la classe deux fois par jour. Indépendamment de son traitement fixe (30, 20 ou 10 piastres par mois, selon sa classe), le professeur reçoit un supplément de 1 franc par jour d'enseignement. Tous les deux mois, les Inspecteurs des Affaires indigènes visitent son école : il est alors accordé une prime de 1 franc au professeur pour chaque élève sachant lire et écrire, et de 0 fr. 50 pour chacun de ceux qui savent lire seulement. En même temps, les Inspecteurs doivent signaler à l'administration ceux des professeurs qui ont mérité d'être récompensés. Après un certain temps d'école, les élèves qui ont fait preuve d'une instruction suffisante sont autorisés à ouvrir, à leur tour, des classes dans les villages voisins.

Le même arrêté visait également certaines récompenses pécuniaires propres à stimuler le zèle des enfants. L'argent, on le sait, est le grand ressort des Annamites, plus puissant même que la vanité. Lors des inspections bimensuelles, les élèves qui ont appris à lire et à écrire reçoivent donc une prime de 1 franc chacun, et des récompenses proportionnées à la bonne volonté qu'ils ont montrée. M. de La Grandière trouva même un nouveau moyen d'exciter leur ardeur. A l'occasion de l'Exposition qui s'ouvrit à Saïgon en 1866, le Gouverneur décida que les meilleures compositions des élèves annamites des école primaires y seraient envoyées pour y recevoir des mentions honorables. Les dix premiers, par ordre de mérite, furent chacun l'objet d'une gratification de 15 francs, les dix suivants d'une gratification de 10 francs, et les douze élèves classés ensuite d'une gratification de 5 francs. Ces chiffres modestes, qui feraient sourire en France, constituent, en Cochinchine, une brillante récompense, surtout pour des enfants : mais il faut se rappeler que la vie animale est, là-bas, à un prix infime, un Annamite vivant avec quelques *sapèques* par jour.

Grâce à ces efforts persévérants, les écoles primaires, au nombre de soixante, comptaient déjà, en 1866, près de mille quatre cents élèves indigènes. Le nombre de ceux-ci comme de celles-là a fort augmenté depuis. En 1880, plus de quinze mille enfants recevaient l'instruction dans quatre cents écoles de villages et de cantons.

Nous venons de dire que les élèves des écoles primaires, jugés eux-mêmes aptes à l'enseignement, étaient autorisés à ouvrir, à leur tour, des écoles dans les divers villages. M. de La Grandière les avait divisés en deux classes, après avoir, toutefois, subordonné l'obtention de leur brevet de capacité à un examen subi devant une commission spéciale désignée par le Directeur de l'Intérieur. Ceux de 1re classe, aux appointements de 50 francs par mois, devaient savoir écrire leur langue en caractères européens, leurs quatre premières règles, mesurer un champ, et traduire facilement le français en annamite vulgaire; ceux de 2e classe, payés 30 francs par mois, savoir simplement écrire leur langue en caractères européens et leurs quatre premières règles. La rétribution accordée était minime, on en conviendra, même dans un pays où la vie est à bas prix pour l'indigène. D'autre part, la position d'instituteur offrait moins d'avantages que les autres emplois. Il y avait donc lieu à l'améliorer. Aussi, en 1871, le gouvernement a-t-il réparti ces instituteurs en trois classes, laissant aux deux dernières les traitements annuels de 360 francs et de 600 francs qui précèdent, mais élevant à 1,000 francs par an les traitements de la 1re classe; en outre, ces fonctionnaires reçoivent l'allocation supplémentaire de 1 franc par jour d'enseignement. Ils ne peuvent, toutefois, passer à la 1re classe qu'après avoir exercé au moins pendant un an dans la classe précédente; mais, après deux années d'enseignement satisfaisant, ils peuvent être nommés en plus, sur la proposition de l'Administrateur du district, à l'emploi d'interprète de 2e classe, dont la solde est de 1,400 francs.

En même temps que l'enseignement primaire recevait un notable mouvement d'impulsion grâce au zèle des instituteurs annamites, d'un autre côté des professeurs français sollicitaient l'autorisation de se dévouer à l'instruction des indigènes de l'intérieur. Aussi, en 1869, l'amiral Ohier autorisait-il l'établissement d'écoles spéciales d'adultes, destinées à l'enseignement de la langue française, de l'arithmétique et de l'écriture, à Canlo, à Soctrang, à Go-cong, à Tan-an, à Rach-gia et à Cangiou. Les meilleurs élèves des écoles primaires peuvent être admis à en suivre les cours. Les instituteurs français touchent un traitement annuel de 3,000 francs, avec supplément de 1 franc par jour pour une heure et demie de classe, même de 2 francs après six mois d'exercice pour ceux dont la Commission d'examen a constaté les aptitudes et les bons services.

En ce qui concerne la ville de Saïgon, disons qu'on y rencontre tout à la fois l'instruction primaire et secondaire, et même une sorte d'enseignement supérieur.

En 1868, M. de La Grandière voulut centraliser l'enseignement laïque de sa capitale, et il créa, dans ce but, l'*Institution municipale* de Saïgon.

Cet établissement réunit donc simultanément l'École primaire européenne, l'École des adultes asiatiques et le Collège des interprètes. Un directeur européen, choisi par le gouvernement et placé sous les ordres hiérarchiques du maire, fut mis à sa tête : on lui adjoignit deux professeurs spéciaux, l'un chargé des cours de langue annamite pour l'École des interprètes, l'autre du cours de la même langue pour l'École des Asiatiques adultes. En outre, l'Institution était pourvue des répétiteurs nécessaires pour enseigner aux jeunes Européens la lecture, l'écriture, l'arithmétique élémentaire et la grammaire. Le directeur et les professeurs sont à la solde de la colonie, les répétiteurs à la solde de la municipalité.

Ainsi, un triple enseignement bien distinct, ayant ses professeurs spéciaux et ses élèves spéciaux.

L'École primaire européenne comprend deux classes : une classe élémentaire, gratuite, qui a pour but le simple enseignement précité ; une classe supérieure, rétribuée, où l'on enseigne, dit l'arrêté, « la calligraphie, la grammaire française, l'arithmétique, la géométrie, l'histoire ancienne et moderne, la géographie et les éléments des sciences naturelles ». Les enfants auxquels leurs familles désirent faire apprendre les langues étrangères, le latin et le grec, peuvent leur procurer ces leçons moyennant une augmentation de rétribution. Ajoutons que les fils de fonctionnaires ou d'employés peuvent être autorisés, s'il y a lieu, à suivre gratuitement les cours de la classe supérieure : mais l'École européenne ne reçoit que des élèves externes.

Tout résident adulte, sans distinction de nationalité, est admis à suivre les leçons de langue annamite sur le vu d'une carte délivrée par le maire. Le directeur de l'établissement est tenu, en outre, de professer pour les élèves interprètes un cours de langue française.

Quant à l'École des adultes asiatiques, elle se compose, en principe, de douze boursiers désignés par l'autorité supérieure et entretenus par la colonie : ils logent en ville, et reçoivent une indemnité de 20 francs par mois. Mais, en plus, tout résident adulte peut être autorisé à suivre ses cours, sans distinction de nationalité.

Ajoutons, enfin, qu'en 1870 l'amiral de Cornulier-Lucinière a décidé l'envoi aux cours de l'Institution municipale de vingt-cinq jeunes ouvriers des constructions navales. C'est encore là une heureuse mesure, toute de moralité.

Pour ce qui concerne l'enseignement supérieur, disons qu'il a été réglementé, à la date du 10 juillet 1871, lors de la création d'une *École normale coloniale.*

Cet établissement est destiné à former des instituteurs pour les écoles indigènes et à fournir des employés pour les services publics, notamment pour le cadastre. Une école primaire y est annexée, dont les cours sont faits par les élèves de l'École normale qui en sont reconnus capables.

Le personnel se compose : d'un directeur, appointé 6,000 francs ; de trois professeurs français, payés 2,400. 3,000 et 3,600 francs, plus les accessoires réglementaires ; et de trois répétiteurs indigènes, rétribués 1,000, 1,400 et 1,800 francs. Le nombre des élèves ne peut dépasser soixante : ils sont logés dans les bâtiments affectés au service de l'École, et reçoivent une allocation mensuelle de 20 francs. Nul ne peut être reçu avant 16 ans accomplis ni après 25 ans, et il faut subir un examen d'admission après avoir fourni un certificat soit de l'instituteur de l'école dont on sort, soit de l'Inspecteur de son district quand on fait partie d'une administration.

La *pagode Barbet* et les bâtiments qui en dépendent ont été affectés à l'École normale. Cet édifice, situé à l'entrée de la Plaine-des-Tombeaux, près de la route de Tong-Kéou, a reçu son nom d'un capitaine français qui périt aux environs dans une embuscade annamite. C'est là que naquit, en 1789, Minh-Mang, fils et successeur de l'empereur Gia-Long, lequel éleva, en commémoration, cette pagode dont la dénomination indigène signifie : « Aurore de présage ». Or, on sait combien le règne de ce souverain fut singulièrement troublé.

A côté de l'enseignement laïque se présente l'enseignement congréganiste. Il est puissamment établi en Cochinchine.

Occupons-nous d'abord de l'enseignement des filles.

Dès les débuts de la colonie, les religieuses de Saint-Paul-de-Chartres ont fondé à Saïgon un magnifique établissement, situé dans la rue de Thu-Duc, au débouché de la rue La Grandière et limitrophe du Jardin botanique. Il porte le nom d'*Établissement de la Sainte-Enfance*. C'est un vaste bâtiment de style mélangé, ornementé dans le goût indigène, et flanqué d'une chapelle gothique construite sur des plans européens par un architecte chinois : on aperçoit de loin son gracieux clocher. Une importante plantation de coton, de café et de vanille l'entoure.

Cette maison d'éducation comprend : 1° un orphelinat pour les petits garçons indigènes au-dessous de sept ans, lesquels étant révolus sont suivis de leur envoi immédiat au collège d'Adran; 2° un orphelinat pour les jeunes filles annamites, qui y demeurent jusqu'à leur mariage ou jusqu'à ce qu'elles aient pu acquérir une position ; 3° une maison spéciale pour les jeunes filles européennes, filles de fonctionnaires ou d'employés, filles de commerçants établis à Saïgon ou dans les colonies voisines.

Le nombre des orphelins indigènes est illimité, aussi bien que celui des pensionnaires. Ces dernières sont toutes internes : elles reçoivent la même éducation qu'en Europe.

Diverses maisons d'éducation laïque pour les jeunes filles

existent dans la ville : mais elles ne peuvent soutenir la concurrence.

Le gouvernement colonial a créé cent bourses pour le pensionnat asiatique de la Sainte-Enfance. Quant au pensionnat européen, cinq bourses sont réservées aux filles de fonctionnaires ou d'employés : ces cinq bourses peuvent, du reste, être subdivisées en demi-bourses. Chacune de ces bourses est de 900 francs. Les conditions suivantes sont rigoureusement exigées de tout agent du pouvoir qui sollicite une bourse ou une fraction de bourse : compter plus de cinq années de services civils ou militaires, et huit mois au moins de service dans la colonie ; s'il a moins de trois enfants, jouir d'une solde inférieure à 5,000 francs ; s'il a quatre enfants ou davantage, d'une solde inférieure à 8,000 francs.

L'enseignement des jeunes garçons indigènes est donné au *collège d'Adran*, tenu par les frères de la doctrine chrétienne, et fondé en 1861. Cet établissement est non moins prospère que le précédent. On y enseigne exclusivement le français, et l'on y ajoute quelques notions sur les applications les plus usuelles de la science aux arts et à l'industrie. Ce collège est situé en face de la Sainte-Enfance, derrière le séminaire de la mission catholique. Cent bourses sont attribuées à cette maison, au taux de 4 piastres (22 fr. 20) par mois : elles doivent porter, « de préférence, » sur les fils de notables et sur des enfants dont les parents auront montré du dévouement ou rendu des services au gouvernement français ; le Directeur des Affaires indigènes les propose, et le gouverneur y nomme. L'admission n'est définitive qu'après un séjour de deux mois, à titre d'essai, pendant lesquels le directeur du collège aura pu témoigner au Directeur de l'Intérieur de la tenue excellente et de la bonne conduite de ces élèves.

De plus, par décision en date du 22 juin 1868, les élèves annamites qui auront commencé leurs études en France seront autorisés à les continuer au collège d'Adran, où ils auront droit à une subvention journalière de un franc: tous les trois mois, ils subiront des examens ; les plus capables seront nommés professeurs et chargés de diriger des écoles, sous la surveillance du supérieur du collège. Après un an écoulé, les incapables sont renvoyés à leurs familles.

Les frères possèdent encore d'autres établissements, notamment à Mitho, Vinh-long et Bac-trang. On leur attribue une allocation mensuelle de un franc, à titre d'abonnement pour fournitures classiques aux élèves. C'est peu.

Leur école de Vinh-long sert spécialement d'internat pour les jeunes Annamites de l'intérieur : cet établissement est donc une sorte de succursale du collège d'Adran. Aussi le gouvernement y a-t-il créé dix bourses, à raison de 20 francs chacune par mois. Les boursiers ne doivent pas dépasser l'âge de quinze ans, et leur présentation est faite par les Administrateurs des Affaires indigènes.

Par décret du 27 août 1869, un concours trimestriel a été institué dans chaque inspection entre tous les élèves des écoles annamites et les élèves des Frères des écoles chrétiennes, à l'exception, toutefois, du collège d'Adran. Il est accordé deux prix : l'un de trois francs, l'autre de deux francs. Mais ces prix doivent être élevés au double quand les élèves qui les ont obtenus se montrent capables de traduire le français en annamite et l'annamite en français.

On voit que, de tous les services publics, celui de l'enseignement est le seul qui fonctionne régulièrement et logiquement dans notre colonie. L'amiral Bonard a doté la Cochinchine d'un véritable bienfait. Ses successeurs, il faut le reconnaître, se sont appliqués à l'accroître, et les résultats obtenus sont aujourd'hui excellents, autant du moins que le comporte la légèreté naturelle du caractère annamite.

Grâce aux divers établissements fondés, l'aspect moral du pays finira par se modifier heureusement dans un délai relativement bref. Il est à remarquer, du reste, qu'on n'a jamais signalé aucun abus dans le corps enseignant, tant laïque que congréganiste. Ce fait vaut qu'on le constate. A ce point de vue, la métropole pourrait s'inspirer parfois de l'exemple que lui donne sa jeune colonie.

La concurrence a élevé promptement le niveau des études, et les indigènes en profitent. Je ne parle ici, bien entendu, que de l'enseignement des garçons. Elle est sans réel danger dans notre possession, l'esprit annamite étant fort sceptique et se refusant, par suite, à certains entraînements et à certaines exaltations qui ne se produisent que trop souvent en Europe sous le prétexte de religion. D'autre part, la surveillance de l'administration est beaucoup plus complète à Saïgon à l'égard des établissements congréganistes qu'elle ne l'est en France. En cela seulement le système autoritaire de notre régime colonial aura fait preuve d'utilité. Mais je me hâte d'ajouter qu'on pourrait, que l'on doit arriver au même résultat avec un régime de liberté.

Ce qui précède nous amène, naturellement, à dire quelques mots sur la situation faite au clergé français en Cochinchine.

Tous les *desservants*, c'est-à-dire les missionnaires chargés de cures, disséminés sur le territoire de la colonie, touchent un traitement annuel de 900 francs; c'est peu, si l'on considère le nombre d'indigents qu'ils secourent à eux seuls et la quantité de malades qu'ils ont à soulager. Le logement qu'on leur accorde est, le plus souvent, dérisoire, vu sa pauvreté. Les frais du culte sont à leur charge, ou à la charge de leurs chrétiens. Toutefois, en 1870, l'amiral de Cornulier-Lucinière les a autorisés à percevoir, dans les postes voisins de leur mission, la ration journalière de pain et de viande fraîche, mais « à titre de remboursement » : ce remboursement doit être effectué à la caisse du trésorier payeur. Cette mesure leur accorde quelque soulagement. Ils n'en sont pas moins, et de beaucoup, les fonctionnaires les moins bien traités de la colonie.

Le curé de Saïgon jouit d'une situation meilleure, à cause de sa proximité des résidents européens. Une somme de 5,000 francs est mise annuellement à sa disposition pour subvenir aux frais du culte. Cette somme est prélevée sur le budget local. Un conseil de deux notables, présidés par le curé et désignés par lui conjointement avec le Directeur de l'Intérieur à la nomination du Gouverneur, est chargé de la justification de cette allocation. La mesure, du reste, ne date que de 1869. Jusqu'à cette époque, la cathédrale de Saïgon ne possédait aucun revenu, et la charité des fidèles pourvoyait seule à la décence du culte. Nous disons « cathédrale » pour nous servir du terme consacré. A vrai dire, ce misérable et pauvre édifice ne mérite pas une semblable appellation. Combien son aspect désolé jure avec les splendeurs de l'aristocratique chapelle de la Sainte-Enfance !

Les religieuses sont plus favorablement traitées que le clergé.

Un décret du 10 août 1862 accorde une ration complète de vivres à chacune de celles qui sont affectées à l'orphelinat et aux écoles de la Sainte-Enfance. Quant à celles qui desservent les hôpitaux et les ambulances de la marine, un décret du 10 novembre 1866 leur alloue à chacune la ration et l'ordinaire des officiers.

Le gouvernement colonial ne se préoccupe, du reste, que des seules religieuses de l'ordre de Saint-Paul-de-Chartres, avec lesquelles il a passé des traités spéciaux. Des religieuses carmélites sont venues, depuis, se fixer à Saïgon. On leur a accordé, en 1869, la concession à titre de jouissance perpétuelle du terrain sur lequel elles ont construit leur couvent : mais là se sont bornées les faveurs administratives. Elles végètent comme elles peuvent. Elles ne sont que deux ou trois de race européenne : les autres sont des religieuses indigènes. On se demande, en y réfléchissant, quelles raisons sérieuses ont pu appeler ces femmes, qui vivent en France complètement cloîtrées, en Cochinchine où elles ne servent à rien, pour y subir à perpétuité cette même réclusion sous un climat des plus énervants? Autre est le cas des sœurs de Saint-Paul-de-Chartres, dont le dévouement dans nos hôpitaux est reconnu par tous. Ces religieuses ont, du reste, pour supérieure principale une femme d'un mérite rare, Mme Le Noël de Groussy, dite « mère Benjamin », dont le nom est populaire dans tout l'extrême Orient.

Disons, enfin, que le Conseil privé de la colonie a concédé au séminaire de Saïgon, à la date du 9 mai 1868, une subvention annuelle de 10,000 francs. Cette subvention lui est accordée pour pourvoir aux frais d'enseignement de la langue française aux élèves des classes supérieures de l'établissement. Une commission de cinq membres surveille l'emploi de cette allocation.

XV

Le commerce de la Cochinchine. — Budget. — Colonisation.

Le port de commerce de Saïgon a été ouvert le 22 février 1860. C'est un port franc.

En vertu du règlement général, daté du 23 mars 1868, l'importation et l'exportation de toutes les marchandises, — sauf l'opium, les armes, les eaux-de-vie de riz et autres spiritueux et fruits confits de provenance asiatique dans la composition desquels entrent ces eaux-de-vie — se font librement et ne sont sujettes à aucun droit.

Les droits de phare et d'ancrage étaient, primitivement, de 2 francs par tonneau pour navires arrivant et partant chargés, de 1 franc pour ceux qui arrivaient ou partaient sur lest. Aujourd'hui, les navires arrivant sur lest ou partant de même ne paient aucun droit, ni ceux chargés pour le compte de l'État. De plus, sont considérés comme étant sur lest, pour le payement des droits d'ancrage, tous les bâtiments dont la pacotille est inférieure, en encombrement, au vingtième de la jauge du navire et, en valeur, à 5 francs par tonneau de jauge. Les remorqueurs se payent suivant la jauge des navires, soit de 100 à 200 piastres, c'est-à-dire de 555 francs à 1,110 francs.

Le débarquement du lest et l'arrimage du riz sont traités de gré à gré. Le poids en usage est le *picul* de 133 1/3 livres anglaises, lequel équivaut à 60 ^{kil}. 400.

Le riz, la plus importante production locale, s'achète à livrer, et moitié de la valeur est généralement payée lors de la signature du contrat : le règlement de cette denrée se fait au picul de 134 livres anglaises, brut. Les tissus se traitent, généralement, à trois mois de crédit; les autres marchandises d'importation à un mois, sans escompte. Les transactions commerciales se font en piastres mexicaines; mais l'administration tient ses écritures en francs, et le taux officiel est 5 fr. 55 pour traduire en francs la piastre. Celle-ci vaut six *ligatures*, et la ligature de 500 *sapèques*, monnaie du pays, équivaut à 0 fr. 90.

Le pilotage se paye à raison de 10 piastres (55 fr. 50) par mètre de tirant d'eau lorsque le navire n'est point remorqué, et 7 piastres (38 fr. 85) seulement, lorsqu'il l'est soit de Can-giou, entrée de la rivière, à Saïgon, soit de Saïgon à Can-giou.

Les droits de phare et d'ancrage sont les mêmes pour les ports de Ha-tien et de Rach-gia que pour le port de Saïgon.

Saïgon possédait également un dock flottant : mais nous avons eu lieu de noter qu'il a sombré définitivement à la fin de 1881. Par décision du 25 juin 1868, le tarif des droits à payer par les bâtiments de commerce qui y étaient admis était ainsi conçu : pour les bâtiments à voiles, par tonneau, 0 fr. 80 pour le jour de l'entrée et 0 fr. 40 pour chaque journée de séjour, y compris celle de la sortie; pour les bâtiments à vapeur, par tonneau 1 franc pour le jour de l'entrée et 0 fr. 50 pour chaque journée de séjour. Le tonnage des navires à voiles était calculé d'après la même jauge augmentée des deux tiers. Quelque petit que fût le navire, il payait toujours au moins pour 400 tonneaux; quant à celui dont la jauge dépassait 1,000 tonneaux, les prix du tarif étaient réduits de moitié pour chaque tonneau en sus des 1,000 premiers jusqu'à 1,500 : pour celui jaugeant plus de 1,500 tonneaux, ces prix étaient réduits des trois quarts pour chaque tonneau en sus des 1,500 premiers. On s'occupe activement à reconstruire ce dock.

mais sur d'autres plans et dans des conditions meilleures de solidité.

Enfin, par arrêté du 2 mars 1870, les bâtiments de commerce autorisés à entrer dans les bassins de l'Avalanche, dépendant de l'arsenal, sont soumis aux mêmes droits que ceux admis dans le dock : toutefois, la limite inférieure pour l'application des droits est abaissée de 400 à 80 tonneaux.

On importe, surtout, dans les ports de notre colonie : 1° des cotonnades ; 2° du fer ; 3° du cuivre ; 4° du zinc ; 5° du plomb ; 6° de l'acier ; 7° de l'étain ; 8° des essences, huiles et acides ; 9° de la peinture ; 10° de la quincaillerie ; 11° des verres à vitres ; 12° du charbon ; 13° des bougies ; 14° du ciment.

Les exportations portent, principalement, sur les produits suivants : 1° le riz ; 2° la soie ; 3° le coton ; 4° le poivre ; 5° le sucre ; 6° l'ortie de Chine ; 7° l'indigo ; 8° le tabac ; 9° la cardamone ; 10° la noix vomique ; 11° la cannelle ; 12° les arachides ; 13° l'huile de coco ; 14° la gomme-gutte ; 15° le stick-laque ; 16° les résines ; 17° le maïs ; 18° les poissons salés et le sel ; 19° les peaux de buffle et de bœuf ; 20° l'huile de bois ; 21° les bois de teinture et de construction. Il faut noter, en outre, le café, l'ivoire, les écailles, la nacre, le corail, les cornes de buffle, les eaux-de-vie de riz, le sésame, la vanille, le curcuma, le rocou, les écorces de palétuvier, etc., dont l'importance, quoique moindre, donne aussi de réels profits.

On voit que la situation offre une source d'enrichissement exceptionnel pour le commerce de la métropole tout autant que pour celui de la colonie. Or, quel parti a-t-on su en tirer jusqu'à présent ?

Pendant le premier semestre de 1877 (date des derniers renseignements officiels que j'ai pu rencontrer), 236 navires de long cours, jaugeant 215,000 tonneaux, ont fréquenté le port de Saigon. Ils se décomposent en 176 vapeurs et 60 voiliers. Les navires français n'y figurent que pour le chiffre de 44, dont 26 portant le pavillon des Messageries nationales. Ajoutons-y 96 barques chinoises, jaugeant 7,500 tonneaux et d'un équipage moyen de 26 hommes, plus 1,640 barques annamites, portant 68,500 tonneaux et d'un équipage moyen de 6 ou 7 hommes.

A cette date, les importations et les exportations se balançaient à peu près comme tonnage, la valeur des premières étant, toutefois, légèrement plus forte que celle des secondes : on peut estimer leur valeur totale à 160 millions, chiffre supérieur, il faut l'avouer, à celui du commerce de la plupart de nos colonies. L'année précédente, l'exportation du riz figurait, à elle seule, pour 350,000 tonneaux environ à destination de Hong-Kong, des colonies hollandaises, des ports de la Chine, de Singapore, de Maurice, de Marseille et de Rio-Janeiro. Notons, toutefois, que le commerce spécial de notre possession avec la métropole n'excédait pas un chiffre de 10 millions. Les renseignements spéciaux que j'ai reçus depuis cette époque constatent que l'ensemble de nos transactions commerciales n'a point sensiblement varié.

Vu la fertilité du pays et les ressources immenses qu'il offre à tous les points de vue, ces résultats ne sont pas brillants pour nos nationaux : mais il faut reconnaître qu'il en serait autrement le jour où, considérée comme une véritable colonie, la basse Cochinchine attirerait dans son sein une partie des 30,000 Français qui s'expatrient chaque année. Mais ce jour n'arrivera que lorsque tout régime d'arbitraire aura complètement disparu de notre système colonial.

Mettons, maintenant, en regard le budget.

Ce pays, dont les rois d'Annam ne tiraient pas un million par an, possède aujourd'hui un budget d'environ 14 millions, se décomposant ainsi : 1° Les contributions directes, comprenant l'impôt foncier des villes, villages et salines, l'impôt personnel (Annamites) et celui de la capitation (autres Asiatiques), les impôts des barques et les patentes, s'élevant à 7,875,800 francs ; les domaines et les forêts, rapportant environ 124,000 francs ; les postes et les télégraphes, 140,000 francs ; 2° Les revenus indirects, provenant des droits d'enregistrement, d'ancrage, d'entrepôts, de locations de bacs, pêcheries, marchés, abattoirs, etc., donnant 1,052,500 francs ; la ferme de l'opium et de l'alcool, rapportant 4,103,880 francs ; 3° Les amendes, frais de justice, passeports et livrets de barques, l'imprimerie et les parts contributives de la ville de Saïgon et du roi de Cambodge dans la subvention accordée à la Compagnie des Messageries fluviales de la Cochinchine, se montant à 537,000 francs ; enfin, diverses autres recettes représentant plus de 200,000 francs.

Sur ces 14 millions, le personnel et le matériel administratif et militaire absorbent 9,500,000 francs ; les travaux publics 3,400,000 francs, dont la plus grande partie revient aux indigènes, car tous les ouvriers employés sont Annamites ou Chinois ; enfin, sur le million restant sont accordées quelques indemnités et subventions au commerce, à l'agriculture et à l'industrie, c'est-à-dire aux rares résidents qui ont le bonheur de plaire à l'administration.

Notons encore — à côté — que les dépenses particulières de la métropole, résultant de l'occupation de la basse Cochinchine et de l'entretien de nos divers établissements dans l'Annam, sont environ de 12 millions par an.

Les chiffres que je viens d'indiquer sont également ceux du budget de 1877 ; mais ils n'ont point été sensiblement modifiés depuis lors.

Examinons quelle doit être la conduite des colons en présence de cette situation. Leurs efforts doivent-ils se localiser et se spécialiser ?

J'affirme tout d'abord, comme principe général, que les Européens ne peuvent supporter les fatigues d'un travail manuel soutenu sous un aussi dur climat ; j'ajoute que, lors même qu'ils parviendraint à acquérir cette faculté, elle n'en resterait pas moins fort peu profitable à notre population ouvrière et agricole, car celle-ci aurait toujours à lutter contre la concurrence des Annamites et des Chinois, dont les prix de main-d'œuvre sont de beaucoup inférieurs à ceux qui seraient absolument nécessaires à des ouvriers européens. Il s'ensuit de là que l'ouvrier qui voudra venir tenter la fortune dans notre colonie devra se mettre en mesure d'y exercer, exclusivement, les fonctions de surveillant d'exploitation ou de chef d'atelier, c'est-à-dire d'être capable de n'avoir à fournir qu'un travail de direction au lieu d'un travail manuel soutenu.

Mais au-dessus de l'ouvrier se trouve le colon, qui arrive, ou, du moins, doit arriver en Cochinchine avec un certain capital qu'il se propose de faire fructifier. La situation de celui-là est toute différente. Trois voies s'offrent à son activité : l'agriculture, le commerce, l'industrie.

Constatons, en premier lieu, que les concessions de terrain sont basées sur des conditions assez larges, assez intelligentes, lesquelles suffisent au gouvernement local pour faire rentrer au Trésor des sommes importantes pour lui et peu lourdes pour l'acquéreur. Ces concessions sont de deux sortes : rurales ou urbaines.

Pour les terrains ruraux, le prix de vente, qui ne peut être inférieur à 10 francs l'hectare, est fixé par une commission spéciale. Le payement a lieu en deux annuités égales, à la fin de la première et à la fin de la deuxième année après la vente ; un droit d'enregistrement de 5 francs par hectare est seul versé immédiatement. L'impôt, déterminé aussi par la commission et évalué en moyenne à 10 francs l'hectare, n'est exigible qu'après trois ans de possession pour les concessions de 50 hectares et au-dessous ; quant aux concessions plus considérables, elles sont libres d'impôt pendant trois ans, et la moitié seulement de cet impôt est exigible pendant trois autres années.

Les territoires urbains achetés par les Européens sont presque tous situés à Saïgon, Cho-len et Mitho : leur prix ne dépasse pas 0 fr. 60 le mètre carré. A Saïgon, les lots sont vendus, aux enchères publiques, sur les mises à prix suivantes : 1re classe, 10 fr. ; 2e classe, 3 fr. ; 3e classe, 2 fr. ; 4e classe, 0 fr. 75 ; 5e classe, 0 fr. 75 ; les impôts qui les frappent sont ainsi répartis : 1re classe, 0 fr. 3330 ; 2e classe, 0 fr. 1665 ; 3e classe, 0 fr. 0555 ; 4e classe, 0 fr. 1110 ; 5e classe, 0 fr. 0222. A Mitho, le territoire est partagé en trois classes, dont la mise à prix est laissée au plus offrant ; quant à la taxe annuelle, elle est ainsi réglée : 1re classe, 0 fr. 0222 ; 2e classe, 0 fr. 166 ; 3e classe, 0 fr. 111. Enfin, les terrains de Cho-len sont répartis en 5 classes, dont les enchères sont également libres ; les impôts à payer sont : 1re classe, 0 fr. 150 ; 2e classe, 0 fr. 075 ; 3e classe, 0 fr. 0,037 ; 4e classe, 0 fr. 010 ; 5e classe, 0 fr. 005. Quelques Européens s'étant, en outre, fixés à Bien-hoa et à Baria, on a fixé le prix des terrains dans la première de ces deux villes à 5 centimes le mètre carré et l'impôt foncier à 0 fr. 002 pour cette même contenance ; dans la seconde, l'impôt n'est plus que de 1 centime le mètre carré, et les enchères sont libres.

Ces premières facilités d'établissement connues, le colon aura à se demander quelle sorte de débouché il donnera à son effort. Voici mon opinion sur cette grave question.

En agriculture, le colon européen rencontrera devant lui le travailleur annamite qui, s'il ne se fait pas remarquer par l'excellence de ses méthodes, quand on les compare à celles des agriculteurs chinois, cultive néanmoins à des prix de revient que l'agriculteur européen ne saurait réaliser. Il faut aussi remarquer — et c'est un point très important — que la population agricole annamite n'est en aucune façon attachée au sol, et que, par suite, l'agriculteur européen aura toujours de très grandes difficultés à retenir sur son exploitation des travailleurs indigènes ou asiatiques. Les choses en sont à ce point que les colons demandent que la loi qui régit le travail dans nos colonies des Antilles soit promulguée en Cochinchine. Il faut, toutefois, être assuré que cette loi pût équitablement s'appliquer à la population sédentaire annamite, ainsi qu'aux Asiatiques actuellement pourvus de permis de séjour : or, je ne pense pas qu'il puisse en être de la sorte. A l'égard des premiers, ce serait violer leur statut personnel ; quant aux seconds, ce serait donner à la loi un effet rétroactif. Mais je ne verrais aucun inconvénient à accorder aux colons européens le bénéfice de cette loi sur le travail en l'appliquant aux immigrants asiatiques qu'ils introduiraient dorénavant en Cochinchine, après avoir passé avec eux des contrats en bonne forme, pour les employer comme ouvriers sur leurs exploitations. Je suis même très convaincu que l'administration coloniale sera forcément conduite à l'adoption de quelque mesure analogue à celle que j'indique ici. Quoi qu'il en soit, les difficultés que je signale et les réclamations qu'elles suscitent démontrent précisément les obstacles qui s'opposent au développement de l'agriculture européenne.

Quant à ce qui concerne le commerce d'échange, il faudra que le colon européen supporte encore la concurrence des

Chinois, dont on connaît l'habileté proverbiale. Cette concurrence sera d'autant plus onéreuse à l'Européen qu'elle s'exercera dans un commerce de détail, ou par des opérations de vente et d'achat s'appliquant à des produits de l'extrême Orient.

Mais si en agriculture comme dans le commerce d'échange les colons européens doivent s'attendre à rencontrer devant eux des concurrents redoutables, ils seront sans rivaux pour tout ce qui se rattache au traitement par l'industrie des produits du sol cochinchinois ; car les Chinois, aussi bien que les Annamites, sont absolument ignorants de nos méthodes industrielles. C'est donc vers l'industrie que je conseille aux colons de diriger leurs efforts, sans, toutefois, me refuser à reconnaître qu'ils pourront trouver encore des bénéfices dans l'importation des produits européens, dans le commerce en gros des produits de l'extrême Orient, et surtout dans le commerce des métaux précieux. Les produits soumis au traitement industriel seraient directement achetés par le colon à l'agriculteur annamite, lequel en serait à peu près l'unique producteur. On voit ainsi que le développement de l'agriculture indigène et l'extension de l'industrie européenne suivraient une marche parallèle, en étant intimement liées l'une à l'autre.

Il est certain que la création d'un chemin de fer, due à l'initiative de M. le Gouverneur civil Le Myre de Villers, va favoriser singulièrement la colonisation, si toutefois les bureaux consentent, de leur côté, à suivre le courant du progrès. Deux tracés avaient été, tout d'abord, proposés : l'un passant par Tay-Ninh et gagnant Pnôm-Pènh, pour, de là, pousser plus tard à travers les provinces laotiennes jusqu'au Yûn-Nân et arriver ainsi à combattre, dans le cœur même de l'Indo-Chine, la concurrence jalouse de l'Angleterre ; l'autre pénétrant immédiatement dans les districts les plus fertiles, par Cho-len, puis par Mitho, et s'arrêtant provisoirement à Vinh-long. A la surprise générale, ce dernier tracé — le moins bon — qui a été adopté, a vu arrêter son parcours à Mitho. Cette décision regrettable a été dictée par des vues intéressées que je n'ai point à examiner ici. Il faudra bien s'en contenter pour un certain temps! Au mois de novembre 1881, l'entrepreneur concessionnaire, M. Jauret, s'est engagé à former, dans le délai de trois mois, une Compagnie apte à fonctionner immédiatement. La concession est fixée à 99 ans. Le Gouverneur, au nom du Conseil colonial, a garanti un revenu minimum de 3,852 fr. 50, intérêts à 5 3/4 0/0 de 67,000 francs, coût d'un kilomètre. La Compagnie a dû constituer un capital devant représenter au moins la moitié du coût général des travaux; de plus, elle pourra emprunter, mais seulement avec l'autorisation du ministre de la marine et sur la proposition du Gouverneur. Ce dernier s'est réservé également la faculté de prolonger la ligne actuelle, lorsqu'il le jugera nécessaire, sans être lié pour les travaux futurs à la Compagnie existante. Enfin, le matériel sera admis en franchise, et le concessionnaire a été tenu de fournir un cautionnement de 100,000 francs en espèces. Les conditions sont belles pour M. Jauret, et il doit réussir. Inutile d'ajouter que les colons européens voudraient déjà voir les travaux terminés. Mais il faudra bien qu'on reprenne, plus tard, le premier tracé, afin de relier directement Saïgon à Pnôm-Pénh, qui est l'entrepôt central tout désigné des produits intérieurs de l'Indo-Chine.

De plus, à la date du 8 mai précédent, le ministère avait approuvé l'exécution de deux canaux : celui de Cuathien, reliant le bassin du Don-naï à celui du Mé-Không, et celui de Vinh-tré, reliant ce dernier fleuve au golfe de Siam.

Il est vrai que le Conseil colonial, en présence de l'amélioration du régime agricole de la colonie, venait de se décider à voter une somme de 130 millions pour les travaux publics.

Cette amélioration s'est produite tout d'un coup. Pendant l'année 1878, on estimait à 17,000 hectares l'étendue des terres défrichées dans notre possession, et les concessions de terres domaniales faites dans le courant de la même année s'élevaient à 2,732 hectares. Le Jardin botanique de Saïgon et la ferme expérimentale des Mares ont, du reste, puissamment contribué à cet essor imprévu.

Le Jardin botanique, fondé en 1864, a une étendue de 12 hectares. En 1880, on y comptait 41,000 plantes dites économiques, caféiers, cotonniers, indigotiers, vanille, tubercules, etc.; 3,804 arbres de plantations variées, bois de teck, tamariniers et autres; 24,194 plantes d'ornement, acanthes, gardenias, hibiscus, jardins, roses, etc. Son savant directeur, M. le docteur Pierre, consacre un dévouement infatigable à sa prospérité. Le développement progressif de cet établissement permet, depuis longtemps déjà, de livrer à peu près gratuitement une grande quantité de graines et de plantes utiles, à ce point que, depuis 1875, il lui est devenu impossible de satisfaire à toutes les demandes. Cependant, en 1878, il a livré 20,000 plantes ornementales, 14,000 plantes d'essences diverses, 17,000 arbres fruitiers, 500 palmiers, 1,500 plantes textiles, 1,700 vanilles, etc. Ce jardin, qui reçoit tous les ans de nouvelles espèces qu'il tente d'acclimater, porte, toutefois, son principal effort sur les arbres fruitiers et les plantes alimentaires.

La ferme des Mares, établie en 1875 sur l'emplacement de l'ancien haras colonial, a pour but l'introduction de nouveaux modes de culture. Des expériences sont faites tous les ans sur la canne à sucre, l'indigo, le coton, le cacaoyer, le manioc, le poivre, l'ortie de Chine, le jute, etc.

A la fin de 1879, cet établissement avait déjà distribué aux agriculteurs de la colonie 1,300,000 plants de canne à sucre, 210,880 caféiers, 3,000 manguiers, 1,400 kilogr. de graines diverses, etc. En 1881, on y a réussi à acclimater le riz Indra-mayot, de Java : 300 kilogr. de plante ont suffi pour le repiquage de 7 hectares de rizières, et chaque épi, qui mesure en longueur de 15 à 30 centimètres, a fourni une quantité variant entre 258 et 317 grains, ce qui donne une moyenne merveilleuse.

On peut donc affirmer que les deux établissements précités vont devenir pour la Cochinchine une source de richesses inépuisables, si cette première ardeur ne se ralentit pas. D'autre part, on commence également à organiser la destruction des innombrables fauves qui ravagent, dans tous les districts, les plantations. En 1880, on a réussi à en capturer ou à en détruire 123, dont 84 tigres et 22 panthères; il faut y ajouter 17 buffles sauvages, non moins dangereux, et 361 caïmans. Par malheur, ce n'est là qu'un chiffre bien restreint pour un pays où les bêtes féroces abondent. J'ai tenu, néanmoins, à noter également ce nouveau progrès, fort appréciable dans sa spécialité.

FIN

TABLE DES MATIÈRES

TABLE DES GRAVURES

BIBLIOTHÈQUE DE VULGARISATION

En préparation d'édition

Pour paraître dans le cours de l'année 1882

AUG. DELAGE
Maître de Conférences à l'École supérieure d'Alger.

La Plante phanérogame. — Son organisation, sa vie.

GIRARD DE RIALLE

Nos Ancêtres.

JOEL LE SAVOUREUX

Pays des Balkans et Roumanie. — Population, tradition, gouvernement.

MAURICE PÉLISSON
Agrégé des Lettres, Professeur de Rhétorique.

L'Empire romain sous Trajan. — Religion, administration, lettres et arts.

JEAN LAROCQUE

La Grèce au temps de Périclès.

N. QUELLIEN

Le Monde celtique.

J.-E. ALAUX
Docteur ès lettres, Professeur de philosophie.

La Langue et la Littérature française du XVe au XVIIe siècle.

G. BUREAU
Ingénieur.

Les Forces de la Nature. — Électricité, air, eau, feu, lumière.

C. BOIS
Avocat à la Cour d'appel de Paris.

Le Droit français. — Des origines romaines et coutumières jusqu'à nos jours.

J.-A. GATTEYRIAS

Asie centrale et Sibérie.

PAUL BOURDE ET DUTREUIL DE RHINS

Les Colonies françaises.

FÉLIX MORGES
Docteur ès siences, professeur de chimie industrielle à la Faculté des sciences de Marseille.

Introduction aux Études de Physique et Chimie industrielle.

MOREL

La Télégraphie.

Dr LEGÉROT
Maître de Conférences à l'École supérieure d'Alger.

L'Animal vertébré. — Son organisation et sa vie.

PAUL GAFFAREL
Doyen de la Faculté des lettres de Dijon.

L'Ancien Régime.
La France et l'Europe en 1789.

EDGARD MONTEIL
AVEC PRÉFACE D'ARTHUR RANC.

La Belgique et son peuple.

ADRIEN DESPREZ

Richelieu et Mazarin. — Leurs deux politiques. Résultats.

PARIS. — IMPRIMERIE CHAIX, SUCC. DE SAINT-OUEN.

BIBLIOTHÈQUE DES Chateaux

2 fr. 50 le volume

vol.

GUSTAVE AYMARD

Doña Flor 1

ÉLIE BERTHET

La Bonne Femme 1

ERNEST CAPENDU

L'Hôtel de Niorres 3
Le Roi des Gabiers 3
Le Tambour de la 32e demi-brigade . 3
Bibi-Tapin 4

MARQUIS DE FOUDRAS

Suzanne d'Estouville 2
Vénerie contemporaine :
Veneurs, Chevaux et Chiens . . . 1
Les Passionnés et les Excentriques 1
Histoires bizarres 1

N. B. — Les volumes ci-dessus, sans aucune corrélation entre eux, se vendent et se lisent séparément.

A. DE GONDRECOURT

Les Jaloux 1
Le général Chardon 1

MÉRY

La Prima Dona 1

ADRIEN ROBERT

Un Roi d'aventure 1

Cette Collection s'augmentera mensuellement d'ouvrages des meilleurs et plus estimés auteurs.

ERNEST LALANNE — **MANUEL ET PRINCIPES D'ÉQUITATION** Avec gravures. — 2 fr.

LA BONNE CUISINE FRANÇAISE — **MANUEL DUMONT. — 3 FR.; FRANCO, 3 FR. 50**

IMPRIMERIE CHAIX —(S.-O.)— 3220-2

www.ingramcontent.com/pod-product-compliance
Ingram Content Group UK Ltd.
Pitfield, Milton Keynes, MK11 3LW, UK
UKHW031846260826
14628UKWH00002B/619

9 782012 890480